特急街道の殺人

西村京太郎

目次

第一章　幻《まぼろし》の都

1

加東肇《かとうはじめ》は、三十五歳。独身。

東京郊外の国分寺《こくぶんじ》市に住み、毎朝、京王《けいおう》線と地下鉄を乗りついで、霞《かすみ》が関《せき》まで通っている。

農水省人事課の職員である。一応、国家公務員試験に合格して、入省したのだが、高級官僚とは、お世辞《せじ》にもいえなかった。また、自分から、なろうという気になったこともなかった。

たぶん、定年まで勤めても、課長補佐止まりで、課長にはなれないだろう。この微妙なところが、名門大学を出て、毎日、行政法に目を通している奴と、加東のように、平凡な大学の出身で、退省時刻が近づくと、マージャン仲間を探したり、四人揃《そろ》わない時は、自宅に帰ることにするか、途中の新宿《しんじゆく》で降りて、飲みにいくか決める。そんな毎日を送っているかによって、決まるだろう。

もっとも、加東には、下手《へた》に出世して、難しい立場になって苦労するより、平《ひら》でいた方が、気楽でいいと思っているところがあった。

役人（今は、公務員と呼ばれる）が、いいところは、刑事事件に関係するようなことがなければ、めったにクビにはならないことである。

また、年間二十日間の有給休暇を与えられている。これに、祝日や、土、日を、うまくプラスすると、一週間の休みを、年間、四回とれるのである。

加東は、一週間の休みをとると、ひとり、カメラを持って、旅に出かける。四人でのマージャンも楽しいが、ひとりの旅行も楽しい。

最近、よくいくのが、北陸である。

北陸が好きな理由は、いくつかあるが、そのひとつは、特急列車が、一番たくさん見られることだった。

実に、三方面から、特急が、やってくる。

①関西方面から
大阪《おおさか》・京都《きょうと》から、湖西《こせい》線を通って、北陸本線に入る
サンダーバード
雷鳥《らいちょう》
②米原《まいばら》・名古屋《なごや》方面から
しらさぎ
③関東（東京）方面から
新潟《にいがた》・越後湯沢《えちごゆざわ》へ、上越《じょうえつ》新幹線から
北越《ほくえつ》
はくたか
④独立した形で、寝台特急トワイライトがある

他に、加東が、北陸を好きな理由は、いくつかある。
温泉も、そのひとつだった。
とにかく、北陸本線の沿線には、魅力的な温泉が、ずらりと、並んでいる。

芦原《あわら》温泉
加賀《かが》温泉郷
片山津《かたやまづ》温泉
和倉《わくら》温泉
宇奈月《うなづき》温泉

他に、沿線の景色の美しさがある。

白山《はくさん》、立山《たてやま》が、身近に見られるし、東尋坊《とうじんぼう》も、黒部《くろべ》も、一見する価値がある。

ただ、今回、加東が、六月五日、米原から特急「しらさぎ55号」に乗ったのは、このいずれの理由でもなかった。

旅行好きの加東は『旅行タイムス』という同人雑誌の会員になっていた。旅好きが集まって出しているもので、あまり売れてないのに、長続きしている。

編集長は、佐々木茂《ささきしげる》という男で、前にも、同人雑誌をやっていたことがある。

会員の会費で、維持されていて、会員が旅先で撮《と》った写真や、旅日記で、誌面が構成されている。

加東は、編集長の電話質問に「一番好きな鉄道は北陸本線」と、答えたところ、突然、佐々木から、北陸の取材を頼まれてしまったのである。

「北陸がお好きなようだが、一乗谷《いちじようだに》をしっていますか？」

と、きかれて、

「名前は、しっていますが、いったことは、ありません」

と、答えると、

「それでは、来週までに、いって、写真を撮ってきて下さい。簡単な説明をつけて。来月号は『日本歴史探訪』ということで、第一回は、一乗谷をやりたいんですよ。朝倉義景《あさくらよしかげ》と織田信長《おだのぶなが》の間に戦《いくさ》があって、織田信長が、火をつけて、一乗谷の人口一万余といわれた町を、焼きつくしてしまったんですが、最近になって、発掘調査され『一乗谷朝倉氏遺跡』として、脚光を浴びるようになりました。会員たちから、どんなものかしりたいという声もあって、北陸大好きなあなたに、調べてきて欲《ほ》しいんですよ。例によって、うちは貧乏《びんぼう》なので、安い取材費しか払えませんが、よろしくお願いします」

それが、北陸へいくことになった理由である。

2

加東の乗った「しらさぎ55号」が、芦原温泉に着いたのは、一五時一四分である。

今日は、土曜日、来週中に取材をすればいいのだから、時間はある。

ひとまず、芦原温泉に、落ち着き、明日、早く、一乗谷にいくことに決めた。ひとり旅のこれがよさである。

ホテルで、夕食をすませたあと、部屋に入ると、駅で買った『北陸案内』に、目を通した。

北陸全体の案内なので、一乗谷の説明は、短いものだった。

〈四百年の眠りから醒《さ》めた
戦国大名朝倉氏の城下町
栄華《えいが》を極《きわ》めた一乗谷は、どんな所か?〉

福井《ふくい》市東南部に、一乗谷と呼ばれる山里がある。かつて、この地は戦国大名朝倉氏の城下町として、一万人の住民がいたところである。

朝倉氏は、五代百三年にわたり、越前《えちぜん》を支配し、華麗《かれい》な時代を築いたが、天正《てんしょう》元年（一五七三）織田信長との戦いに敗れ、城下町は、焦土《しょうど》と化した。昭和四十二年（一九六七）に、発掘作業が始まるまで、町は長い眠りについていたのである。

写真が、二枚。

一枚は、一乗谷の正門に当たる西山光照寺《にしやまこうしょうじ》跡で、二枚目は、遺跡の正面にある唐《から》門《もん》で、朝倉義景の菩提《ぼだい》をとむらおうとして、豊臣秀吉《とよとみひでよし》が寄進《きしん》したと、書かれている。

写真と、説明だけだと、全貌《ぜんぼう》がわからないし、四百年間、眠り続けていた悲しみも、伝わってこない。それで、想像するのを止《や》めて、加東は、寝てしまった。

翌朝、バイキング形式の食事をすませると、加東は、タクシーを呼んでもらい、まっすぐ、一乗谷に向かった。

まだ、梅雨《つゆ》には間があり、よく晴れている。北国なので、むし暑くもなく、吹いてくる風はさわやかである。

その上、今日は、日曜日。たぶん、現地は、観光バスが何台も駐《と》まり、観光客であふれているだろうと思っていた。

しかし、タクシーを降りて、管理事務所に入っていくと、五、六人の中年の女性のグループの姿しかなかった。

管理事務所にいる職員の方が多いくらいである。その職員もなぜか女性だった。

女性グループも、ガイドをつけて、出発する気配もなく、呑気《のんき》に、事務所の入口の軒《のき》を見あげている。

加東も、つられて、見あげると、そこに、ツバメが巣を作っていて、親ツバメが、時々、飛んできて、黄色い口をあけている子ツバメに、餌《えさ》を与えているのである。

(呑気なものだな)

と、加東は、妙に感心した。

何しろ、四百年の眠りから醒めたのである。いまさら、あわてて、見て歩くこともないのだろう。

そのうちに、中年女性たちは、ガイドと一緒に、事務所を出ていった。

加東は、事務所に残って、ガイドをしてくれるという(ガイド料は必要)女性から、まず、一乗谷の説明をきくことにした。

一乗谷は、朝倉氏と共に栄え、亡《ほろ》びたと、いっていい。

説明によれば、越前朝倉氏七代目の朝倉孝景《たかかげ》が、応仁《おうにん》の乱で武功《ぶこう》を立て、この地方の甲斐《かい》氏と戦って、勝利し、一乗谷に本拠地を移した。したがって、この孝景が、一乗谷初代当主と、いっていい。

「このあと、一乗谷には、二代氏景《うじかげ》、三代貞景《さだかげ》、四代孝景（初代にあやかりたいと、同じ孝景を名乗る）、五代義景と、続いて、五代義景の時、織田信長との戦いに敗れ、自害して、朝倉氏は亡びてしまいます」

と、説明してくれる。

「朝倉氏は、なぜ、この一乗谷に、城下町を作ったんですか？」

加東が、きく。

佐々木に頼まれての取材だから、加東は、メモしながら、きいた。

「この地図を見ると、よくわかりますが、一乗谷というのは、一乗谷川に沿《そ》って細長く広がった地形で、守りやすく、攻めにくいからだと思います」

「一万人の人が住んで、商工業も盛んだったようですね？」

「ここは、京都に近く、当時の京都は、戦乱に明けくれていたので、多くの職人や、文化人が、ここに、逃げてきたんです。その人たちを、歴代の当主が温かく迎えたので、一乗谷は、当時、京都に代わる文化都市になったと、いわれています」

結果的に、一乗谷を亡ぼしてしまった五代朝倉義景も、文武両道に秀《ひい》でた大名だったという。

十六歳の若さで、当主になった義景は、一乗谷に、京文化を、積極的に取り入れ、黄金時代を迎えたといわれる。

十五代将軍足利義昭《あしかがよしあき》（義秋）を迎えた時に、交《か》わされた和歌も残っている。

もろ共に　月も忘るな糸ざくら
　年の緒《お》ながき　契《ちぎり》と思はば
（足利義昭）

君が代の　時にあひあふ糸桜
　いとも　かしこき　けふのことの葉
（朝倉義景）

このあと、事務所を出て、実際に、遺跡を見て歩くことにした。

案内してくれるのは、渡辺《わたなべ》ゆり子《こ》という中年の女性である。

この一乗谷朝倉氏遺跡では、遺跡の保存に、二つの方法が、とられていた。

もともと、一乗谷は、織田信長の軍勢に攻められ、放火されて、焼滅《しょうめつ》してしまった。

　その復原のために「平面復原」と「立体復原」の二つの方法が、とられていると、いう。

　建物を復原せず、家の区画や、井戸の場所などを、はっきりさせているのが、平面復原である。まるで、家の青写真を見ている感じで、寂《さび》しいが、家の区画はよくわかる。

　立体復原の方は、土塀《どべい》が、作られ、入口のところに「この家は、魚屋です」「ここは、薬屋です」と書いた大きなのれんが、かかっている。だが、その奥に、建物はないのだ。

　加東は、そんな形よりも、まっすぐな長い道路に驚いた。二百メートルも続く直線道路である。その道路に直角に、路地が作られている。

「不思議ですね」

　と、歩きながら、加東が、いった。

「昔の城下町というのは、攻められた時のことを考えて、通りを、わざと曲げたりしているのに、一乗谷は、道路は、まっすぐなんですね」

「それは、歴代の朝倉氏の当主が、京都にあこがれていたからなんです。京都の町の碁盤の目にならって作ったので、まっすぐな大通りと、直角にまじわる通りになったんです」

と、渡辺ゆり子が、教えてくれた。

その当主たちは、そこから見える標高四百七十三メートルの山の上に山城を造って住んでいたという。今も、その山城跡が、望見できる。

その山城から、城下町までの斜面に、段々畠《ばたけ》のように、土塁《どるい》を造って、敵の攻撃に備《そな》えたという。

そんな話をきいても、加東は、この一乗谷は、戦《いくさ》には、もともと、向いていなかったのだと、思った。

城下町の、まっすぐな大通りもだが、山城と、町とが、こんなに離れていては、大軍が攻めてきて、城と町とを遮断《しゃだん》したら、たちまち、両者は、孤立してしまうだろう。

歴代の当主が憧《あこが》れた京都と同じように、この文化都市は、戦には向いていない町だったのだろう。

そんなことを考えながら、ガイドの渡辺ゆり子と一緒に、事務所に帰ってくると、なかから若い女の声が、きこえた。

「この一乗谷だけど、全部、いっぺんに買いたいといったら、いくらで、売ってくれるのかしら?」

3

(変なことをいう女がいるな)

と、思いながら、事務所に入っていくと、ジーンズに、ジャンパー、帽子をかぶり、リュックを背負った若い女が、事務所の女性と、話をしている。

さっきの観光の中年女性グループは、先に戻っていて、お茶を飲んでいる。

加東にも、ガイドしてくれた渡辺ゆり子が、お茶を淹《い》れてくれた。

若い女の相手をしていた事務所の女性が、

「渡辺さん」

と、助けを求めてきた。

「この人が、この一乗谷朝倉氏遺跡をいくらなら売るのかと、さっきから、きくんで困ってるんですけど」

という。

渡辺ゆり子は、笑って、若い女に近づき、

「一乗谷朝倉氏遺跡は、個人の所有物ではなくて、県のものなんですよ。だから、売れないんです」

と、いった。

しかし、若い女は、負けずに、

「でも、地方自治体は、今、どこも赤字でしょう。この福井県だって、赤字だと思う。こんな観光事業は、赤字なら、まっさきに、手放すと思う。だから、皆さんも、この一乗谷朝倉氏遺跡が、いくらぐらいのものかしっておいた方がいいと思う」

と、いってから、

「もうひとつ、おききしたいんですけど」

「何でしょうか?」

「この一乗谷は、もともと、朝倉氏の所有だったわけでしょう?」

「ええ。そうですけど?」

「今、朝倉氏の子孫だという人が現れて、この一乗谷朝倉氏遺跡は、自分のものだと、裁判所に訴えたらどうなるのかしら?」

と、きく。

「明治維新で、各大名は、自分たちの権利を放棄していますからその時点で、一乗谷は朝倉氏のものではなくなっていると思いますけどねえ」

渡辺ゆり子は、根気よく答えている。

「でも、一乗谷は、織田信長の放火で、この世から消滅してしまった。その後四百年間、この世から消えていたんでしょう。そして、昭和四十二年に発見された。その間、朝倉氏と、その子孫が、一乗谷の権利を放棄したなんて話、きいたことはありません。だから、今でも、立派に、権利はあると、思うんですけど」

と、若い女は、反論する。

「じゃあ、あなたが、朝倉氏の子孫なんですか？」

「ええ。二十九代目の子孫です」

女は、ニッコリと、笑った。

それまで、黙って話をきいていた中年の女性たちのなかから、ひとりが、

「あなたの名前は、朝倉さんなの？」

と、きいた。

「はい。朝倉麻樹《まき》です」

女は、ポケットから、運転免許証を取り出して、みんなに見せた。

確かに、そこには〈朝倉麻樹〉とあった。

4

その時になって、加東は、その若い女のことを、思い出した。

五年前の三十歳の時、一度だけ、東京で、見合いをした。

ホテルの喫茶ルームでの見合いだった。

あの時の見合いの相手ではないのか？

（よく似ている。しかし、朝倉という名前ではなかったような気がするんだが）

と、加東は、思った。

だが、自信がない。

五年前の見合いは、もともと、乗り気ではなかったのだ。

それに、相手の女性の方も、最初から、乗り気でないことがあって、この話は、あっさりと、終わった。

だから、加東は、相手の女性のことを調べもしないし、話をきくこともなかったから、今まで忘れてしまっていたのだ。

気がつくと、朝倉麻樹と名乗った女は、中年女性のグループと、話し込んでいる。

「あなた、本当に、この一乗谷朝倉氏遺跡を買う気なの？」

と、中年女性のグループが、きいている。

「ええ。売ってくれれば、買う気は、ありますよ。もともと、私の先祖が、持っていた土地ですから」

「きっと、高いわよ」

「私は、朝倉氏の子孫ですから、まけてもらうつもりですけど」

「でも高いわよ」

「いくらぐらいかしら？」

「何百億？」

「何兆円かもしれないわ」

「でも、いま、土地は安くなってるから――」

と、中年グループは勝手に、喋《しゃべ》り始めたが、そのうちのひとりが、朝倉麻樹に向かって、

「きっと、あなたの家は、お金持ちなんでしょうね？」

「少しは、一般の人より、お金を持っていますけど」

と、麻樹が、笑っている。

その言葉に、反発したのか、中年女性のひとりが、

「今、ここの事務所の人が、福井県に相談して、一千億円なら、一乗谷朝倉氏遺跡を売ると、いったらどうするの？　すぐには、買えないでしょう？」

と、いった。

朝倉麻樹は、黙って、中年グループの真ん中に、どんと、リュックサックを置き、なかから、一万円札のかたまりを取り出した。

「これで、一千万円。もし、今日、一乗谷朝倉氏遺跡を売るといったら、手付金として、これだけ置いていくつもりだったんですよ」

この朝倉麻樹の言葉より、目の前の札のかたまりの方に、気をとられて、女性たちは、

「これ、本物なの？」

「本当に、一千万円あるの？」

「こんな大金みたことないわ」

と、急に、やかましくなった。

朝倉麻樹は、笑って、

「調べて下さって、かまいません。偽札《にせさつ》なんかじゃありません。百万円ずつが十個で一千万円です」

加東は、何となく、馬鹿らしくなって、事務所を出た。

5

加東は、佐々木編集長に頼まれた仕事を、とにかく、すませたので、そのあとは、自分の旅をすることにした。

加東が、今回、私的にいきたかったのは、万葉線《まんよう》である。

前から、その名前が、気になっていたのだ。

加東自身は、短歌を勉強したわけではない。作る才能もない。

ただ、万葉集は、好きだった。

いくつか、好きな歌もあった。

北陸本線が好きで、何回も乗るようになってから、富山県《とやま》に、気になる鉄道があることをしった。

それが、万葉線だった。

なぜ、万葉線なのかわからず、万葉線について書かれた本を買って読んだ。

それで、万葉歌人のひとり、大伴家持《おおとものやかもち》が、越中守《えっちゅうのかみ》になり、五年間を過ごしたことがわかった。

年齢にして、二十代後半から、三十代の頃で多くの歌を残している。

そこで、今日、万葉線に乗ってみることにしたのである。

列車で、高岡《たかおか》に向かう。

この高岡も、加東の好きな駅だった。高岡駅から氷見《ひみ》線、城端《じょうはな》線と、万葉線が、出ている。

高岡から終点の越《こし》ノ潟《かた》まで、十二・九キロ。駅の数は二十五ある。

高岡駅前から乗る。

市電に似ている。

以前、この万葉線についてテレビが取りあげているのを見たことがある。

典型的な赤字路線で、存続が、危ぶまれていた時、これからは、車の時代ではなくなる。クリーンな市電の時代と考え、外国製の新型車両「アイトラム」を購入し、走らせることにした。

その熱意が功を奏して、何とか、赤字を克服《こくふく》していったという。

今日、加東が乗ったのも、その新型車両「アイトラム」だった。

赤い車体と、低床式《ていしょう》で、人々が喜んでいる車両だった。

終点の「越ノ潟」で、降りてみた。

港にいくと、渡し船が出るところだった。県営なので、無料だという。

ちょうど、昼時だったので、港近くの食堂で、食事をとることにした。

壁に、大伴家持の歌が額に入れて、飾ってあった。

立山《たちやま》に降り置ける雪を常夏《とこなつ》に
見れども飽《あ》かず　神からならし

今も、店の窓から、立山連峰が見えている。

大伴家持は、名家に生まれ、万葉集には、何首も載《の》っている歌人でもある。

そのため、家持は、女性にもてた、優雅な宮廷歌人という感じが強いが、もともと、大伴家というのは、武人の家柄である。

したがって「海ゆかば、水づくかばね、山行かば、草むすかばね——」といった歌も作っているのだ。

また、宮中で、何かにつけて、警戒され、讒言《ざんげん》されて、濡れ衣《ぎぬ》で、都から追われている。

聖武《しょうむ》天皇に、主として仕《つか》えるのだが、皇位継承問題で、罪を着せられて、九州に追われたりして、最後には、都に帰れぬまま、亡くなってしまうのである。

食事を終え、コーヒーを注文して、窓の外に目をやっていると、店に入ってきた客がいた。

あの女だった。

一乗谷朝倉氏遺跡の事務所で、出会った朝倉麻樹である。

加東に気づかぬらしく、テーブルにつくと、紅茶とケーキを、注文している。

加東は、彼女が、紅茶を飲み出したところで、立ちあがると、ゆっくり、向こうのテーブルまで、歩いていった。

向かい合って、腰を下ろしてから、

「今日は」

と、声をかけた。

朝倉麻樹は「え?」という顔で、加東を見ている。

「一乗谷朝倉氏遺跡で、会いました」

と、加東がいうと、やっと、麻樹は、

「ああ、あの時——」

「あの時、確か、朝倉氏の二十九代目の子孫だと、おっしゃっていましたね」

「ええ」

「名前は、朝倉麻樹といわれた」

「ええ」

「でも、僕は、別の名前のあなたに会っているんですが、覚えて、いませんか？」

「いいえ。私は、朝倉麻樹ですけど」

と、彼女は、いう。

「五年前、僕は、生まれて初めて、見合いをしました。場所は、東京のホテルで。確か、相手の女性の名前は、間下《ました》さんだったと、思うんだけど、その時の間下さんが、あなたの名前だったんですが、違いますか？」

「残念ですけど、人違いです」

彼女が、いった時、彼女のポケットで携帯電話が鳴った。

彼女がすぐ、携帯をとる。

「ああ、タケイさん？　ごめんなさい。どうしても、予定どおりに帰れなくて。明日には、帰ります。今は、万葉線の越ノ潟。大丈夫ですよ。もう、こっちの仕事が、終わったから。帰ったら必ず、お伺いします」

そんなことを、いいながら話し、電話を切ると、そこにいる加東に向かって、

「ごめんなさい。私、本当に、あなたをしらないんですよ」

と、いい、立ちあがって、

「誰かと、間違っていらっしゃるのよ」

足早に、店を出ていった。

加東は、窓のところまで戻って、外を見た。

彼女が、万葉線の越ノ潟駅に向かって、走っていくのが、見えた。

「間違いなく、五年前、東京のホテルで見合いした相手なんだが——」

なぜ、それを否定するのか？

加東も、レジまで歩いていき、代金を支払って店を出た。

その時になって、彼女が、リュックを背負っていなかったことを思い出した。

何か変だなと、思っていたのである。

店を出た。

（おれには、関係ないか）

そう思うことにして、加東は、歩き出した。

6

六月七日。午後十一時二十分。

道路沿いに、駐《と》まっているカローラが、さっきから、やかましい。

警笛《けいてき》が、鳴り続けているのだ。

歩道を歩いていた若いカップルの、男の方が、

「うるせえな！」

と、舌打ちをし、立ち止まって車の運転席を、のぞきこんだ。

三十代と思われる背広姿の男が、ハンドルに、おおいかぶさっていた。それで、警笛が鳴り続けていたのである。

男が、ドアを叩いた。

運転手が、酔っ払って、警笛を鳴らしていると、思ったのだ。

だがいぜんとして、警笛が鳴り続けている。

「背中」

と、女が、いった。

「何？」

「背中よ。ナイフが――」

女が、慌《あわ》てて、言った。

男は、やっと、運転手の背中に、ナイフが、刺さっているのに、気がついた。

「警察に電話だ！」

男が、叫ぶ。

「救急車を、呼んだ方が、いいんじゃないの」

「じゃあ、両方呼べ！」

そこで、カップルは、一一〇番と、一一九番の両方に、かけた。
七、八分後に、パトカーと、救急車が、同時に到着した。
まず、救急隊員が、運転席の男を調べ、死んでいるのを、確認して、帰っていった。

パトカーだけが残り、警官は、通報者のカップルに、事情をきく一方、警視庁捜査一課に連絡をとった。

今度は、パトカーと、鑑識の車が、やってきた。

六月八日。午前〇時二十六分。

場所、京王線の明大前《めいだいまえ》駅近くの甲州《こうしゅう》街道に駐車中のミルキーホワイトのカローラの車中。

被害者。武井要《たけいかなめ》、三十五歳。百七十三センチ、六十九キロ。

住所、東京都港《みなと》区六本木《ろっぽんぎ》「ヴィラ六本木」一五〇六号。

夜が明けた、午前七時、北沢《きたざわ》警察署に、捜査本部が、設置された。

事件を担当した捜査一課の十津川《とつがわ》警部たちが「ヴィラ六本木」の一五〇六号室に入っていった。

３ＬＤＫの広い部屋である。

三十畳の広さのリビングルームの棚を見て、亀井《かめい》刑事が「なんだい？」と叫ぶ。

「大人のくせに、人形集めか」

「フィギュアです」

と、若い西本《にしもと》刑事が、いう。

「何だって？」

「今は、人形といわずに、フィギュアと、いうんです」

西本はガラス造りの棚に、ずらりと並んでいるフィギュアを眺《なが》めていたが、

「こりゃあ、すごい」

「何がすごいんだ？」

「武井要という被害者ですが、どこかで名前をきいたことがあると思っていたんですが『ゴーストサムライ』ですよ」

「『ゴーストサムライ』って、何のことだ？」

「ゲームの名前です。百二十万本売れたといわれているんです。そのゲームの作者なんです。棚にあるのは、そのゲームに出てくるサムライたちのフィギュアです」

西本刑事が、やたらに興奮しているのを、眉をひそめていた亀井が、

「おれは、武井要という名前も、ゲームも、しらないぞ」

「それで、いいんです」

「何が、いいんだ？」

「カメさんみたいな人には、まったく関係ないでしょうが、『ゴーストサムライ』で、遊んだ人間には、武井要は、神さまみたいな存在です」

「神さまも、死ぬことがあるのか」

亀井が、いう。

書斎を調べていた十津川の手元に、司法解剖の結果が、もたらされた。

殺人方法　ナイフによる背中二カ所の傷のうち、心臓に達しているものが致命傷である。
死亡推定時刻　六月七日午後十時から十一時。
その他司法解剖によって、明らかになったこと。
一　胃のなかに、かなり大量のワイン
二　最近（一年以内）胃ガンの手術痕
三　不眠症か？　背広のポケットに、二週間分のハルシオン

所持品（カローラの車内を含む）
○財布（ダンヒルの黒革《くろかわ》）　二十三万三千円入り
○カード　キャッシュカード　など五枚
○キーホルダー　車のキー　マンションのキー　他にキー二個
○腕時計　パテック手巻　二百万相当
○サイコロ　二個
○手帳　次のゲームのデッサンが、十六枚にわたって、描かれている

○携帯電話

刑事たちは、3LDKの広い部屋を、根気よく、調べていった。

夕方までに、わかったことを、十津川は、列挙していった。

まず、車である。

武井要が死んでいたカローラは、本人の車ではなく、レンタカーだった。

武井の車、白のポルシェ911は、現在、修理に出されていた。

武井は、六本木のK銀行に口座を持ち、定期預金五億円、普通預金一億二千六百万円の残高がある。

伊豆高原《いずこうげん》に、敷地千坪《つぼ》、建坪百坪の別荘を所有。

パソコン、アイパッド。

携帯電話に、五人の女性の名前と住所、電話番号が、入っている。が、武井の周囲の人間は、近く、結婚するという話はきいていないと、いう。

翌日、捜査会議が、開かれた。

十津川が、今までにわかったことを、三上《みかみ》本部長に説明した。

「被害者、武井要は、ゲームの世界では、神さまのような存在で『ゴーストサムライ』は、百二十万を売り、彼が今までに作ったゲームのうち、三本が、いずれも百万以上売れたといわれています。そのため か、傲慢《ごうまん》になり、その性格を嫌う人もいたようです。問題は事件当日の被害者の行動です。わかっている限りを、書き出してみます」

十津川は、黒板に、書きながら、説明していった。

六月七日（月）

正午頃、六本木のマンションで起床。

実際に、何時に起床したか不明。ただ、被害者は、毎日、深夜の午前〇時頃から仕事を始め、午前六時前後に就寝。昼頃起床という日課をくり返しているので、事件当日も、同じと、考えられる。

午後一時頃、朝食。これも、武井要が、友人たちに話していたもので、自分で、コーヒーを淹《い》れ、パンを焼き、スクランブルエッグでの朝食をしたと思われます。

午後四時五分。外出中。

これは武井に仕事を頼んでいたメーカーの部長が、武井要の携帯に、電話したところ、武井が出て現在、外出中で、夕食を、大事な客と外ですませると、答えたというのです。

どこで、誰に会うかは、いわなかったそうです。

午後六時頃から、九時頃まで、私の想像では、武井は、犯人と会い、夕食をとっていたと思われます。と、いうのは、この時間帯にも、五人の関係者が、武井の携帯にかけているのですが、武井は、携帯に出なかったばかりではなく、携帯をオフにしていたと、思われるからです。

なお、この五人のうちの二人は、携帯が、つながらないので、六本木の自宅の方に、かけたが、武井は出なかったといっています。

「その時間帯、午後六時から、九時までの間に、殺されたと、いうことは、ないのかね?」

と、三上本部長が、きいた。

「司法解剖の結果、死亡推定時刻は、午後十時から十一時となっています」

「そのあとは?」

「食事は、犯人の家で、とったものと思われます。司法解剖で、武井の胃には、ワインが、かなりの量、残っていたといいますから、かなり、ワインを飲んだと考えられます」

「犯人のところで、夕食をすませたあと、外で、犯人は、武井を殺したというわけだね？」

「そうです」

「なぜ、そんなことをしたのかね？」

「自宅で、殺しては、まずいと思ったんだと思うのです。そこで、家の外に出て、車のなかで、背後から、刺殺したんだと、私は、考えています」

「死体を発見したカップルの証言では、被害者が、ハンドルに、おおいかぶさって死んでいたので、警笛が、鳴り続けていた。それで、駐まっていた車のなかを、のぞきこんだと証言しているんだろう？　これは、犯人の不手際《ふてぎわ》を示しているんじゃないのかね？」

「その点は、私は、こう考えます」

と、十津川は、いった。

「犯人は、車のなかで、武井を背後から刺殺した時、死んだと思って、立ち去ったんだと思うのです。ところが、まだ、絶命していなかった。武井は、必死になって、助けを呼ぼうと考え、ハンドルに手をかけて、起きあがったが、その瞬間、絶命してしまい、警笛が鳴りはじめたのだと、考えています」

「武井が乗っていた車が発見されたのは、甲州街道の明大前駅付近だ。犯人の家は、その近くにあると見ていいんじゃないのか？」

「それは、簡単に決められないと思います」

「どうしてだ？」

「死亡推定時刻から考えて、午後十一時までに犯人は、武井を殺したと思われます。午後十一時としても、京王線は、まだ動いています。電車に乗ってしまえば、そのあとは、どこへいこうとほとんど、自由です」

と、十津川は、いった。

「最後に、ききたいことがある。被害者と、彼の車は、なぜ、あの場所に、駐まっていたのかね？　君は、犯人は、あの近くには住んでいないといった。また、被害者の住所は、六本木だ。被害者とは関係のない場所に、なぜ、駐まっていたのか？　もし、あの場所まで、被害者の武井が運転していったとすると、なぜ、あそこまで走らせたのか、その理由をしりたいんだがね」

三上が、きく。

「考え方は、二つあると思います」

と、十津川は、いった。

「ひとつは、犯人が、自宅の近くでも、武井要の家の近くでもない場所で、死体を発見させたかったと考えたのではないか。これが、ひとつの見方です」

「もうひとつの見方は？」

「武井の携帯には、五人の女性の名前と住所が、登録されていました。それを調べると、五人のうち二人が、甲州街道の、京王線沿線に、自宅があるのです。ひとりは調《ちょう》布《ふ》、もうひとりは府中《ふちゅう》で、明大前の延長線上です。つまり、武井は、その二人の女性のどちらかに会いにいく途中で、殺されたと思わせる形で、犯人は、明大前駅近くで、刺殺したに違いないという見方です」

「わかった。わかったが、今後、どう、捜査を進めていくつもりかね？」

と、三上本部長が、きいた。

「私は、これまでの事件と同じように、地道に捜査を進めていきたいと、思っています。犯人の動機、アリバイ、事件の関係者といったことを、地道に捜査していけば、自然に、犯人が浮かびあがってくると、私は、確信しています」

十津川は、自信を持って、答えた。

7

加東は、一週間の有給休暇を使っての北陸の旅をおえて、東京に帰って、きた。

一乗谷朝倉氏遺跡での、女性との奇妙な再会は、今も、加東の頭のどこかに、奇妙な記憶になって、残っていた。

その一方で、彼女との縁は切れたままで、二度と会うこともあるまいという気持になっている。

五年前、見合いで会った。ただ一回の見合いであっさり別れ、その後、会ってなかった。人生というのは、そんなものだろうと、考えていた。いや、見合いのことも、相手の女性のことも、すっかり、忘れていたのだ。

それが、たまたま出かけた、一乗谷朝倉氏遺跡で、五年ぶりに会ってしまった。なぜか、名前も変わっていたし、会って、五年前の話をすると、そんな記憶はないと、いわれてしまった。

（それなのに——）

と、加東は、考えてしまう。

（なぜか、彼女のことが、引っかかってくるのだ）

つい、自問自答してしまうのだ。

（五年ぶりに会って、意外に、魅力的じゃないかと、思ったのか？）

（一乗谷朝倉氏遺跡の事務所で、一千万円の現金を見せたり、朝倉氏二十九代目の子孫だといったり、はたから見ていると、危なっかしくて仕方がない。その危なっかしさが、気になるのだろうか？）

向こうで、彼女の運転免許証を見ているから、住所は、わかっている。

会いにいこうと思えば、いけるのだが、帰京してすぐは、頼まれた仕事をすることにした。

佐々木に頼まれた、一乗谷朝倉氏遺跡の原稿の作成である。

パソコンで、文章を作り、撮ってきた写真を組み込んで、五ページの特集記事原稿を作った。

電話で、その旨《むね》をつたえると、佐々木は、

「久しぶりに、一緒に、食事をしたいから、その原稿を、持ってきてくれませんか」

と、いった。

時間を決め、西新宿の中華料理店で、夕食を、一緒にすることに決めた。

午後六時に、用意された個室での食事になった。ビールでの乾杯のあと、佐々木は、加東の書いた原稿に、目を通している。

それを読み終わってから、食事が始まった。

「それで、いいですか？」

気になって、加東が、きいた。

佐々木は、ニッコリして、

「なかなか、面白いじゃないか。特に、面白い女性が出てくるところがいいね。一乗谷朝倉氏遺跡を買いたいといったり、自分を、朝倉氏二十九代目の子孫といったり、本当に、こんな女がいたの？」

「それが、いたんです」

「この女のこと、もっと詳《くわ》しく話してくれないか。今どき珍しいよ」

「僕が、彼女が面白いと思ったのは、自分は、二十九代目の子孫だから、朝倉氏が持っていた一乗谷を、受けつぐ資格があると、いった時なんです」

と、加東は、いった。

「昔の大名の所有物は、明治維新の時、国に返したんじゃなかったか？」

「そうなんです。それで、事務所の人、これは、県の立場を代弁しているんですが、今の佐々木さんと同じで、明治維新の時、一乗谷も、当時の藩主から、新政府に返上されたので、朝倉氏の子孫のあなたにも、権利はないと、いったんです」

「まあ、当然だろうね。それに対して、この女は、なんと反論したんだ？」

「それがですね。一乗谷は、織田信長によって、地球上から、抹殺《まっさつ》されてしまった。これは、明治維新よりずっと前のことです。明治維新になっても、この世にないものを、藩主が、新政府に返上できるはずがないと、彼女は、いうんです。戦後、昭和四十二年になって、一乗谷朝倉氏遺跡が、発見された。戦後だから、個人資産は、大事にされる。その上、明治維新の時に、返上していないんだから、子孫の自分に権利があると主張しているんです」

加東がいうと、佐々木は、笑って、

「いいですねえ。その主張、面白いですよ。何となく、理屈に合っているようで、合っていない。そこが、面白いですね。ところで、その女の名前が原稿に書いてありませんが」

「朝倉氏二十九代目の子孫で、自分も朝倉だといっているんですが、冗談かもしれないので、わざと書かなかったんですが」

と、加東は、いった。

「なるほど。加東さんは、そこまで配慮されたんだ」

と、佐々木は、賞《ほ》めてから、

「それでも、この女に会ってみたいですね。うちの会員になってもらってもいい。何とか、接触できませんか？」

と、いう。

佐々木に、そんなことをいわれると、加東も、急に、あの女に、会いたくなってきた。

「何しろ、向こうの事務所で、一度しか会っていないので」

と、加東は、いった。

万葉線の終点で、会ったことも、五年前の見合いのことも、わざと、いわなかった。

「そういわれると、ますます彼女に、会ってみたくなりますねえ」

と、佐々木は、いった。

夕食後、喫茶店に席を移してからも、佐々木は、彼女のことを、話題にした。

「加東さんから見て、彼女は、どういう女性だと思いますか？　結婚しているのか、いくつなのか、そういうこと、想像が、つきますか？」

佐々木は、なぜか、あの女のことが話題になるようにと、もっていく。

「年齢は、三十歳前後だと思いますね。言葉に訛《なま》りはないから、たぶん、東京に住んでるんじゃありませんか」

と、加東は、いった。

「よし！」

佐々木は、自分に、気合いをかけた。

「何とか、彼女を見つけましょう。見つかりますよ」

佐々木が、いった。

加東も、次第に、もう一度、あの女に、会えそうな気がしてきた。

このあと、また、朝倉麻樹という名前が気になることにぶつかった。

それは、週刊誌の記事だった。よく買う週刊誌である。

〈ゲームの神さま死亡〉

ゲーム作りで、若者から神さまといわれている武井要が、六月七日深夜、車のなかで、殺されたという記事である。

加東は、武井要という名前をしらなかった。したがって、普通なら、この記事には、何の関心もなかったろう。

朝倉麻樹との関連で、気になったのだ。

万葉線の終点越ノ潟の食堂で、彼女に会った時、彼女は、携帯で、だれかと話をしていた。

その時、相手を「タケイさん」と、呼んでいたのだ。

間違いなく「タケイさん」と、呼んでいたのだ。

どういう字を書くのかは、わからない。武井かもしれないし竹井かもしれない。

ひょっとして、六月七日深夜に殺されたという武井要ではないのか?

加東は、小さく溜息《ためいき》をついた。

(もし、そうだとしたら、おれは、どうしたらいいのか?)

第二章　フィギュアの女

1

被害者、武井要、三十五歳。

「ゴーストサムライ」というゲームを作り、それが百二十万本も売れて、一躍有名になり、今では「ゲームの神さま」と、いわれている。また「フィギュア作りの達人」とも、いわれている。

さらに、調べていくと、五人の女性の名前が浮かんできた。これによって、武井要の女性関係が派手だということもわかってきたが、奇妙なことに、その女性関係がいたって淡白《たんぱく》なのである。

この五人の女性についても、そのなかのひとりと結婚しようという意思は、まったくなかったらしい。これは、その五人の女性全員が、そう証言しているからである。彼女たちの証言を信用する限り、武井要が殺された理由は、現在の女性関係ではないことになってくる。

そこで、十津川は、もう一度、六本木にある武井要の自宅マンション「ヴィラ六本木」を調べてみることにした。一五〇六号室、三十畳のリビングがある、3LDKの広い部屋である。

その部屋に入ると、どうしても、ガラス造りの棚に並んでいるフィギュアが気になってしまう。そのほとんどが、武井が成功したゲーム「ゴーストサムライ」に関係したフィギュアである。

ゲームの設定時代当時の侍《さむらい》、町人、殿様、あるいは、町娘などのフィギュアがほとんどだったが、改めて、その棚を見ていて、ひとつだけ、ゲーム「ゴーストサムライ」とは関係のなさそうなフィギュアが、ポツンと置かれているのが、十津川には、気になった。

それは、和服姿の女性のフィギュアである。

高さは、ほかのフィギュアと同じ、三十センチぐらい。ただ、台座のところに「ミスM」と書かれていた。

「君たちは、フィギュアに詳しいからきくのだが、この『ミスM』というのは、武井要が作ったゲームのなかに出てくる女性なのかね？」

十津川が、西本と日下《くさか》に、きいた。

「いいえ、このフィギュアは、武井要が作ったゲームとは、何の関係もありませんよ」

と、西本が、いい、日下も、

「今までに、武井要が作ったゲームのほとんどは『ゴーストサムライ』に代表されるような、戦国時代を舞台にした侍の活躍するゲームなんです。その点、この『ミスM』というのは、和服は着ていますが、戦国時代の女性ではありません。間違いなく、現代の女性ですよ」

と、いった。

十津川は、そうきけばきくほど、この「ミスM」というフィギュアのことが気になってきた。

そこで、武井要の仕事仲間、彼と同じようにゲームを作り、フィギュアを作っている人たちに、きいてみることにした。

「亡くなった武井さんは、このフィギュアを棚に飾っていたのですが、これは、武井さんが作ったものに、間違いありませんか？」

と、十津川が、きいた。

「タッチから見ると、武井さんが作ったものに間違いないと思うのですが、彼が作ったゲームとは、関係がないと思いますね。これは、明らかに現代の女性ですよ」

と、二、三人の仲間が、同じことをいった。

「それでは、もうひとつおききしますが、武井さんは、今までに、戦国時代を舞台にしたゲームとフィギュアを作っていますよね？　一番売れた『ゴーストサムライ』でも、舞台は戦国時代になっています。武井さんが、戦国時代ではなくて、ほかの時代を、舞台にしたゲームとか、フィギュアを作ろうとしていた。そういうことをきいたことはありませんか？」

と、十津川は、きいてみた。

誰もが、首を横に振っていたが、ひとりだけ、武井要と一緒に仕事をしたことがあるという太田博之《おおたひろゆき》という男が、

「私は、いつだったか、武井さんが、こんなことを、話しているのをきいているんですよ。自分は、本当は戦国時代よりも、万葉の時代に興味がある。あの時代には、有名な歌人が、何人も出ているが、その一方で、血なまぐさい政変が、何回も起きてい

る。壬申《じんしん》の乱も起きているし、不遇のうちに死んだ天皇の皇子の悲劇もある。考えようによっては、戦国時代よりも万葉の時代のほうが、波瀾万丈《はらんばんじょう》で面白い。いつか、万葉の時代の頃を舞台にしたゲームを、作ってみたいんだ。武井さんが、そんなことをいっていたのを覚えているのです」

もうひとつ、十津川が、武井要の経歴を調べていくと、一年間の空白があることに気がついた。

それは、三十歳頃の一年間である。

二十五歳でこの世界に入った武井要は、三十歳の頃には、作ったゲームが、立て続けにヒットし、この世界の第一人者になっていった。

ところが、三十歳頃、突然、武井要が友人や仲間の前から姿を消し、一年後に、また突然、帰ってきたという。誰も、その一年間、武井要がどこにいき、どこに住んで、何をやっていたかわからないという。まさに、空白の一年間である。

したがって、十津川が気になったのは「ミスＭ」と書かれた女性のフィギュアと、それから、三十歳頃の一年間の空白である。

この二つが、今回の事件に関係しているのではないか、十津川には、そんな気がしていた。

2

謎が二つ生まれたが、それが捜査の進展に役立つかどうかもわからずに、十津川が迷っていた時、ひとりの男が、捜査本部を訪ねてきた。

名前は、加東肇、三十五歳。農水省の人事課業務係の係長だと、男は名乗った。もちろん、十津川には面識のない男だったが、ともかく、会うことにした。

「明大前駅近くで起きた殺人事件のことなんですが、犯人は、もう見つかりましたか？」

と、いきなり、その加東が、きいた。

「いや、残念ながら、まだ容疑者も浮かんでいません」

と、十津川が、正直にいうと、

「お役に立てるかどうかはわからないのですが、新聞に『ミスM』というフィギュアが見つかって、このフィギュアが、事件に関係しているかどうかを警察が調べていると、ありました。これは、本当ですか？」

「本当です」

と、十津川は、いい、武井要のマンションから押収した問題のフィギュアを、加東の前に置いた。

「加東さんは、この『ミスM』というフィギュアについて、何か心当たりがあって、こちらにいらっしゃったのですか？」

「実は、私がしっている女性が、この『ミスM』のモデルではないかと思ったのですが、こうして実物のフィギュアを拝見すると、少しばかり顔立ちが違いますね」

と、加東が、いった。

彼は、実物の、フィギュアを見て失望したらしいが、十津川のほうも、何か情報を持ってきたのではないかと思って会ったので、少し失望した。

それでも、

「ここにいらっしゃった理由を、話していただけませんか？」

と、促《うなが》した。

「事件に関係があるかどうか、自信はないですが、一応、お話ししてみます」

加東が話したところによると、自分は旅行が好きで「旅行タイムス」という素人《しろうと》の旅行好きが集まって作っている、同人雑誌があって、その雑誌の取材で、先日、北陸にいってきたというのである。

「福井に一乗谷朝倉氏遺跡というのがあるのですが、ご存じですか？」

と、加東が、きいた。

「残念ながら、しりません。どういう遺跡なんですか？」

「福井は、昔、朝倉氏の領地で、一乗谷というのは、朝倉氏の城下町だったところなんです。昔から京都との関係が深く、ひとつの文化が栄えたところなんですが、織田信長との戦になって、敗れた朝倉氏は滅亡、一乗谷の町は、織田信長の軍勢によって焼かれてしまったのです。その上に灰がつもったりして、一乗谷という城下町は、歴史の上から消えてしまっていたのですが、最近になって掘り起こされ、遺跡として復原されました。それで、この一乗谷を、私は『旅行タイムス』に頼まれて、取材にいきました。ここには、遺跡を案内する地元の女性がいたり、事務所もあって、私は、その事務所にいったのですが、そこで三十代の女性に会いました。女性の名前は朝倉麻樹。私が、案内人から遺跡について話をきいて事務所に戻ったら、突然、その朝倉麻樹という女性が、この一乗谷朝倉氏遺跡を買いたい。売ってくれるのなら、今すぐ手付金を払いたい。そんなことをいい出したんですよ。案内人もあっけに取られて、ここは県の遺跡なので、今はお売りすることができませんといったら、朝倉麻樹という女性は、いきなり、リュックサックのなかから一千万円の現金を取り出しましてね。もし、売るつもりがあるのなら、手付金としてこの一千万円を払います。それに、私は、朝倉氏二十九代目の子孫で朝倉麻樹です。だから、私は、この遺跡の正当な所有者としての権利を持っています。そんなことまでいい出したんです」

「なるほど」

と、十津川は一応、うなずいてみせたが、この話と、武井要の事件とが、どう結びついてくるのかがわからずに、内心、首をかしげていた。

加東肇のほうは、言葉を続けて、

「同じ北陸の、高岡には、万葉線という鉄道が、走っているのです。高岡市内を走っている市電のようなものなのですが、私は、万葉集にも興味があるので、一乗谷朝倉氏遺跡を訪ねた後、万葉線に乗って、終点の越ノ潟までいき、そこの食堂で食事をしていると、一乗谷で会った、朝倉麻樹が、そこにも、姿を現しましてね。彼女は、携帯電話で話をしているのです。タケイさんですか？　すいません、お伺《うかが》いします。今日は、万葉線に乗って越ノ潟まできています。明日、東京に帰ったら必ず、お伺いします。そんな話をしていたのです。もちろん、私は、彼女のその話のなかのタケイという人のことは、しりませんが、東京に帰ってくると、武井要という三十五歳の男性が、殺されたというじゃありませんか？　ひょっとすると、あの時、彼女が話していたタケイというのが、今回の事件の被害者である武井要さんではないか？　そんなことを考えたので、こうして、お話をしにあがったのです」

やっと名前だけだが、この加東肇という男の話と、十津川が、今、捜査している事件とが結びついた。いや、結びついたような気がした。

「その妙な女性ですが、名前は、朝倉麻樹というのですね？」

「ええ、そうです」

「間違いありませんか？」

「今お話ししたように、彼女は、一千万円の現金を持ってきて、一乗谷朝倉氏遺跡を売ってくれるのなら、手付金として、払うといったんですよ。その上、自分は、朝倉氏二十九代目の子孫だといったのですが、事務所の人は、まったく信用していないようでした。そこで、その女性は、運転免許証を、見せたんですよ。間違いなく、朝倉麻樹の名前が書いてありました。私も、その運転免許証を見せてもらいましたから、間違いありません」

「彼女と『ミスM』というフィギュアの女性とが、同じ女性ではないかと思って、加東さんは、こちらにいらっしゃったんですね？」

「ええ、そうです。『ミスM』と、彼女の名前、麻樹とは、イニシャルが、Mですから、もしかしたらと思ったのです。しかし、実際にこうしてフィギュアを拝見すると、少し違っていました」

「その朝倉麻樹という女性ですが、あなたが会った時、和服を着ていたのですか？」

「いや、普通の洋服でした。ですから、別人かもしれません」

「ほかには、何か、気がついたことがあるのではありませんか？　その女性についてですが」

と、十津川が、いった。

加東は、ちょっと頭をかいて、

「実は、私は五年前、三十歳の時に一度だけ、見合いをしたことがあるんですよ。まあ、義理の見合いですね。その時の相手が、この朝倉麻樹という女性だったのです。ただ、名前は、違っていました。たしか、間下麻樹じゃなかったですかね？　彼女、私がそのことをきいたら、見合いなど、今までに一度もしたことはないといいましたが、明らかに、その女性なんですよ」

「五年前に、あなたは、見合いをされた。その時に、その女性は、間下麻樹と名乗ったんですね？」

「ええ、そういう名前でした」

「間下麻樹だとすると、イニシャルから『ミスM』ということになりますね？」

と、十津川が、いった。

「ええ、そうなりますが、よく見ると、やっぱり、このフィギュア、彼女とは違うような気がしますね」

「五年前に見合いをされた女性、間下麻樹というその女性とは、見合いの後もつき合っておられたのですか？」

「いや、つき合いは、全然ありませんでした。会ったのも、見合いの時の一度きりです。私のほうは、申しあげたように、義理の見合いでしたし、向こうも、そんな感じでしたね。ですから、見合いの日も、すぐに別れて、その後も一度も会ったことは、なかったんです。それが、五年後になって、突然、一乗谷朝倉氏遺跡と、万葉線の越ノ潟駅の近くの食堂で、出会ったのです」

「もう一度、念を押しますが、その女性は、あなたの目の前で、携帯電話を、かけていて、その時に、タケイさんですかといったんですね？」

「それは間違いありません。タケイさんですか？　今、越ノ潟にきている。明日、東京に帰ったら、必ず伺いますと、いっていたんです。これも、間違いないのです」

「あなたが、その女性に会ったのは、最近ですか？」

「一乗谷朝倉氏遺跡にいったのは、六月六日の日曜日です。そして、同じ日に、万葉線の越ノ潟でも会ったんです。六月六日に、間違いありません」

と、加東が、いった。

武井要が殺されたのは、六月七日の月曜日である。その日の、午後十時から十一時までの間に、武井要は、何者かに殺されている。

もし、朝倉麻樹という女性が、加東肇が耳にしたという電話での言葉どおりに、次の日の七日に、東京に帰ってきたとすれば、その夜、武井要を、殺せるのだ。その時間は、たっぷりある。

十津川の頭のなかで、加東肇の話が、武井要の殺人事件に、もう一歩、近づいてきたような気がした。

3

十津川は、亀井を連れて、加東肇が話した一乗谷朝倉氏遺跡と、万葉線の越ノ潟にいってみることにした。いく前に、若い西本と日下の二人の刑事に、

「私が北陸にいっている間、加東肇について、経歴や性格、あるいは、交友関係など

を調べておいてくれ」

と、いった。

「警部は、加東肇という男を信用されていないのですか?」

と、西本が、きく。

十津川は、笑って、

「彼の証言が、ひょっとすると、今回の殺人事件に大きく関係してくるかもわからない。だから、彼が信用の置ける人物かどうかをしっておきたいんだ」

とだけ、いった。

十津川は、亀井と二人、東京から東海道新幹線に乗って、福井に向かった。

米原で、特急「しらさぎ」に乗り換《か》える。福井に着いたのは、一五時〇三分である。

福井からはタクシーで、一乗谷朝倉氏遺跡に向かった。

十津川は、あいにく一乗谷朝倉氏遺跡について、何の知識もなかったが、現地に着いてみると、ウィークデイにもかかわらず、十二、三人の観光客が、遺跡を管理する事務所に集まっていた。

案内をしてくれるのは、地元の中年の女性たちで、二人が着いた時には、そのうちのひとりが、集まっていた観光客たちを連れて、遺跡のなかを、案内するために出ていった。

十津川は、事務所に残った、これも案内係の女性たちのなかの渡辺ゆり子という女性に話をきくことにした。

あの加東肇を案内したのも、その渡辺ゆり子という女性ガイドだと、きいていたからである。

「六月六日の日曜日ですが、ここに、妙なというのか、少し変わった女性がきたそうですね。何でも、この遺跡を買い取りたいという女性が」

十津川は、渡辺ゆり子に、きくと、彼女は、笑って、

「そうなんですよ。いきなり、この遺跡を買いたい。地方はお金に困っているから、こういう遺跡を売りたいと思っているのではないか？　もし、売りたいのなら、私が買いたい。そういって、一千万円の現金を手付金だといって、このテーブルの上に置いたんで、その時、事務所にいた全員が、呆気《あっけ》に取られてしまいました」

「その人が、自分は、朝倉氏二十九代目の子孫だともいったんですね？」

「そうなんですよ。運転免許証まで見せてくれました。たしかに、朝倉麻樹という名前でしたけど、朝倉氏二十九代目の子孫というのは、おそらく、嘘《うそ》でしょうね」

「運転免許証を見た時、住所もわかりましたか？」

「いいえ、東京の人だというのは、わかりましたけど、すぐに、仕舞《しま》ってしまったので、詳《くわ》しい住所までは、わかりませんでした」

十津川は、持参した「ミスM」のフィギュアを取り出すと、渡辺ゆり子に見てもらった。

「その朝倉麻樹という女性ですが、この人形に、似ていますか、それとも、似ていませんか？」

「顔は少し似ていますが、全体の雰囲気は、ちょっと違います」

渡辺ゆり子が、いい、ほかの案内係の女性も同意した。

「その後、その朝倉麻樹さんから、こちらに、電話とか、手紙とか、そういったもので、例《たと》えば、この一乗谷朝倉氏遺跡を、県が売ることになったかどうかというような、そんな問い合わせはありませんでしたか？」

十津川が、きくと、そこにいた三人の案内係の女性が、いっせいに笑った。

「全然ありません。ですから、あれは、本気じゃなかったんだと、私たちは皆、思っています」

「実は、今、東京で起きた殺人事件を追っていましてね。ひょっとすると、この朝倉麻樹という女性が、関係しているのかもしれません。それで、皆さんにお願いして、この女性の似顔絵を作りたいのです」

と、十津川が、いった。

一時間余りかけて、やっと朝倉麻樹の似顔絵ができあがった。フィギュアの「ミスM」とは、顔立ちが似てはいるが、しかし、雰囲気はまったく違っている。やはり、別人らしい。

似顔絵作りに協力してもらった礼をいってから、

「この一乗谷朝倉氏遺跡を、案内していただけませんか？」

と、十津川は、案内係の渡辺ゆり子に、頼んだ。

事務所を出ながら、

「ツバメがいますよ」

と、亀井が、軒下を指さした。

たしかに、ツバメの巣があって、親が飛んでくると、三羽か四羽のヒナがいっせいに、口を開けて鳴きわめく。

「毎年、この軒下に巣を作るんですよ」

渡辺ゆり子が、笑いながら、案内に立った。

「六月六日は、朝倉麻樹という女性も、あなたに、この遺跡を案内してもらって回ったのですか？」

「いいえ、別の人が、ご案内しました」

「その時も、やはり、遺跡を買いたいといっていましたか？」

「ええ、昔からずっと、買いたいと思っていたとか、絶対に買うつもりだから、値段をきいておいてほしいとか、ご案内をしている間中、そんなことをいっていたそうです。でも、本気だとは、どうしても、思えなかったようでしたけど」

渡辺ゆり子が、また笑った。

4

十津川と亀井は、陽《ひ》が暮れてしまったので、今日は、近くの芦原温泉で、一泊することにした。

翌日、旅館で朝食を取ると、二人は北陸本線で、高岡に向かった。

高岡で下車し、改札口に向かって歩きながら、十津川は、

「カメさん、この高岡の駅は、なかなか面白いんだ」

と、亀井に、いった。

「どう面白いんですか？」

「この高岡駅は県庁所在地ではない。福井や富山は、県庁所在地の駅だが、この高岡駅は、北陸本線のあらゆる特急が、この駅に停《と》まるんだ。その上、城端線、氷見線、そして、これからいく、万葉線の始発駅でもあるんだよ。もし、この駅のホームで死んでいた人間が、切符を持っていなかったら、どの線の利用客か、わからないかもしれない」

そんなことを喋りながら、十津川は亀井と、万葉線に乗りこんだ。

行き先は、加東肇が話していた、終点の越ノ潟駅である。

この万葉線という名前も、十津川は、今度の事件をきっかけに初めてしった。

終点の越ノ潟駅で降りる。駅のそばに、かえで館という食堂があった。加東肇がいっていた名前と同じだから、たぶん、この食堂で、加東は、朝倉麻樹と、二度目の出会いをしたに違いない。

加東が、五年前に見合いしたことを話すと、彼女は、見合いをしたことなどないといって、否定されてしまったと、加東は、いっていた。

店が、富山湾に面しているので、この食堂の自慢は、海の幸を主とした料理であ

る。その料理を食べながら、

「これから、武井要の一年間の空白の部分について、調べるわけでしょう？　彼が、このあたりに、一年間住んでいたと、警部は、思われますか？」

と、亀井が、きいた。

「武井要は、友人に、今までは戦国時代を、舞台にしたゲームを作ってきたが、これからは、万葉の時代を舞台にしたゲームやフィギュアを作りたいといっていた。それで、ひょっとすると、この万葉線の近く、例えば、高岡の市内に住んでいたのではないか？　あるいは、旅館に泊まっていたのではないか？　そんなふうに思っているんだがね、たしかに、捜すのは大変だな」

十津川は、正直に、いった。

「この高岡市というのは、かなり大きな都市じゃありませんか？」

「ああ、調べてみたら、人口は十七万人を超えている。このあたりとしては、かなり大きな都市だ」

「そうなると、この高岡市内で、武井要が住んでいた場所を捜すのは、たしかに大変かもしれませんよ」

「私だって、闇雲《やみくも》に捜そうとは思っていない。取りあえず、二カ所を、まず調べてみたいと思っているんだ」

そういって、十津川は、書店で買ってきた『万葉線案内』という本を取り出して、テーブルの上に置いた。

「武井要は、これからは万葉の時代を舞台にしたゲームとフィギュアを作りたいといっていた。とすると、この万葉線の周辺にきたことは間違いないんだ。それに、この万葉線が有名なのは、万葉集のなかで、最も多くの歌を作ったという大伴家持が、この近くの越中の国司《こくし》として都から派遣され、このあたりで五年間暮らしていたからなんだ。大伴家持のことや、あるいは、万葉集のことに関連した名所旧跡が、この周辺にはたくさんある。おそらく、それを見ていて、武井は、今いった万葉の時代のゲームを作りたいと思うようになったに違いないのだ。だから、万葉集のことよりも、大伴家持のことが、武井には気になっていたのではないかと、私は考えている」

「なるほど」

「その大伴家持だが、今もいったように、万葉集のなかで、一番多くの歌を作っている。万葉の時代には、何人もの有名な歌人がいる。そのなかで、歌聖といわれた柿《かきの》本人麻呂《もとのひとまろ》は、長歌を十八、短歌を六十六作っているのだが、それに比べて、大伴家持は、長歌を四十六、短歌を四百三十一も作っているんだ。その大伴家持は、最初は九州で歌を習っているが、その後、この越中に国司としてやってきて、五年間を過ごしたが、その時が一番、多くの歌を作っている。二十代から三十代で、最も才能が花開いた時なんだ。越中の国司時代に詠《よ》まれた歌のなかでも、最高の傑作といわれているのが、越中三賦《さんぷ》の歌で、二上山《ふたがみ》、立山、そして、布勢《ふせ》の水海《みずうみ》を歌った長歌だといわれている。だから、この歌に関係のある場所を調べてみたい。このなかでも、有名な歌と場所は、二上山と立山を詠んだ歌なんだが、最初にいってみたいのは、二上山の周辺だ。二上山というのは、標高が三百メートルにも満たない低い山なのだが、本家は、奈良《なら》の都で、そこにも二上山というのがある。おそらく、家持は、ここにいた五年の間に、都を思い出して、その二上山を詠んだのだと思う。だから、この二上山が見える場所に、住んだのではないかと、思っているんだ。もうひとつは、こちらは万葉線ではなくて、氷見線の雨晴海岸《あまはらし》だ」

十津川が、いうと、亀井は、

「雨晴海岸なら、名前だけはきいたことがありますよ。たしか、義経《よしつね》伝説で有名なんじゃありませんか？」

たしかに、このあたりは、万葉集とも関係が深いところだが、同時に、義経伝説でも有名な場所である。

万葉線の中伏木《なかふしき》駅近くに、渡し船があって、義経の一行が、奥州《おうしゅう》に落ち延びようとした時、義経が怪しまれてしまう。

そこで、弁慶《べんけい》が、扇《おうぎ》で義経を叩《たた》いたので、無事に乗船できたという伝説が『義経記《ぎけいき》』に載っている。これが、安宅関《あたかのせき》、勧進帳《かんじんちょう》のモデルだといわれている。

「この雨晴海岸は、大伴家持とも、繋《つな》がっているんだ。この海岸から、富山湾を隔《へだ》て、立山連峰が見える。家持も、おそらく、この海岸に立って、立山連峰を、眺《なが》めながら、立山の歌を詠んだに違いないんだ」

　立山に降り置ける雪を常夏に
　　見れども飽かず　神からならし

これが、雨晴海岸から立山を見て、家持が詠んだといわれている歌である。

十津川は、レジで支払いをしながら、食堂の主人に向かって、

「先日、私の友達が、ここにきましてね。食堂の壁に掛かっていた大伴家持の立山を詠んだ歌に感心したらしいのですが、今日はなぜか、掛かっていませんね？　どうしたんですか？」

と、きくと、食堂の主人は、慌《あわ》てた感じで、

「実は昨日、酔っ払いが、店にきましてね、あの額を壊してしまったんですよ。それで今、仕方なく、新しい額を、作ってもらっているところなので、直り次第、あの歌の額を壁に掛けておきますよ」

食堂を出ると、二人は、二上山が見える麓《ふもと》を回って歩き、旅館や食堂、あるいは警察の派出所などにいき、武井要の写真を見せて、この男が今から五年くらい前、このあたりに住んでいなかったかどうかをきいて回った。

家持が、二上山を歌ったのは、次の歌である。

玉くしげ二上山に鳴く鳥の
声の恋しき時は来にけり

しかし、十津川が期待するような返事は、最後まで得られなかった。

そこで、今度は、雨晴海岸に向かった。

夏には海水浴場になるというが、それほど大きな海岸ではない。

富山湾越しに、まだ雪が残っている立山連峰が、まるで屏風《びょうぶ》のように広がってい

る。海もきれいである。

それに、氷見線の雨晴駅も見える。たしかに、大伴家持が、感動したのと同じような素晴らしい景色が、今も目の前に、広がっていた。

そこで、十津川たちは、近くにある、旅館や食堂などをきいて、回ることにした。

海岸近くの小さな旅館で、十津川の期待した反応があった。

万葉館という旅館である。

そこの女将《おかみ》さんが、十津川の見せた武井要の写真を見て、

「ええ、この人なら、五年くらい前でしたでしょうか、たしかに、うちにお泊まりになりましたよ」

「その時の宿帳は、ありますか？」

「いえ、五年も前なので、今は、保存しておりませんが、この人に間違いありませんよ。一年近くも、お泊まりになっていたんですから」

と、いった後、女将さんは、

「でも、武井要というお名前では、ありませんでしたよ」

とも、いった。

その名前をきくと、木村勉《きむらつとむ》という名前で泊まっていたという。どうやら、武井

は、あくまでも、名前を隠して、ひっそりと一年間、この雨晴海岸で、過ごしたのだろう。

「ここでは、毎日、どんなことをして、過ごしていたんですか？」

と、十津川が、きいた。

「それが、気ままな方でしてね。昼近くまで寝ている時もあったし、突然、旅行がしたいからといって、お弁当を作らせて、それを持って、二、三日いなくなったことも、ありましたよ」

と、女将さんが、いう。

「例えば、具体的に、どんなことをして過ごしていたんですか？」

今度は、亀井が、きいた。

「たしか、スケッチブックを持っていらっしゃって、時々、海岸に出て、スケッチしたりしていましたね。それで、最初は、絵描《えか》きさんなのかと思ったんですけど」

「ここにいた間に、女性が訪ねてきたことは、ありませんでしたか？」

と、十津川が、きいた。

「女の方がおひとり、何回か、お見えになりましたよ」

と、女将さんが、いった。

十津川が、東京から持ってきた、武井が作ったフィギュア「ミスM」を、女将さんに見せた。

「その女性ですが、この人形に似ていませんでしたか？」

十津川が、きくと、女将さんは、じっと見ていたが、

「ええ、この人です。この人に、そっくりですよ。この人が、何回か、ここに見えていました」

「写真の男性は、彼女のことを、何と呼んでいましたか？」

「さあ、どうでしたでしょうか？　名前は呼ばなかったんじゃないかしら？　覚えていないくらいですから」

名前を呼ばないということは、それだけ、親しい間柄ということになるのか？

「この女性ですが、この近くに、住んでいる人ですか？」

亀井が、きくと、女将さんは、

「いや、違いますね。私は、ここで、三十年以上も、この旅館を、やっているんですよ。もし、この近くの人だったら、みんな、しっていますから」

「この女性のほうから、訪ねてきていたんですね？」

「そうかもしれませんし、お泊まりになっていた、木村さんのほうから、会いにいっ

たこともあるかもしれませんから」

「ここにくる時には、車できていましたか？」

「いえ、車ではなかったと、思います。ウチには、駐車場が、ありませんから」

と、いって、女将さんが、笑った。

この近くに、氷見線の駅があるので、氷見線を使って、木村勉こと、武井要を、訪ねてきていたのだろうか？

「何としてでも、この女性を見つけたいね」

十津川は、亀井に、いった。

5

その女性が、氷見線を使って、この旅館にいる武井要を、訪ねてきていたとすれば、女性の住所は、高岡市内だろうか？

しかし、高岡市は、人口十七万人。このあたりでは、大きな都市である。

十津川には、そのなかから、たったひとりの女性を、見つけ出すことは、そう、簡単なことだとは、思えなかった。

もし、見つかれば、捜査は、大きく前進する。そう考え、十津川は、その日も、旅館に泊まり、翌日、氷見線で、高岡に向かった。

十津川は、まず、高岡警察署を訪ねた。亀井と二人だけで捜すのは、ほとんど不可能だろう。ここはやはり、地元の警察の力を借りるのが、一番だと思ったからだった。

署長に会い、東京で起きた殺人事件の概要を説明した。

「被害者の武井要ですが、三十歳の頃、一年間だけ、雨晴海岸の旅館に、滞在しているのです。その時に何回か、この女性が、訪ねてきていました」

十津川は、女のフィギュアを、所長の前に置いた。

「被害者の武井要は、フィギュア作りの達人、ゲームの神さまといわれているほど、有名な男なんですが、これは、彼が作ったフィギュアです。台座には『ミスM』とだけ、書いてあります。武井要は、この女性と、何らかの関係があったと思われます。この女性が、見つかれば、事件が、自然に解決すると思われるので、何とか、協力していただきたいのです」

「写真がなくて、人形だけで、捜すというのは、初めての経験ですよ」

署長が、苦笑いしながら、いった。

「私も初めてなんです」

と、十津川も、笑った。

「この女性についてですが、名前も年齢も、まったくわからないんですか？」

「ええ、残念ながら、いっさい、わかっておりません。わかっているのは、名前の頭文字が、Mということだけです。この人形のように、和服が似合う美人で、五年前には、おそらく、三十歳前後で、今は、四十近くになっているかもしれません。それから、ミスとありますから、当時は、独身でしょう。今は、わかりませんが」

「難しいですが、何とか努力してみましょう」

と、署長は、いってくれた。

十津川は、もちろん自分たちも努力する必要があると思い、人々が集まりそうな場所、デパート、喫茶店、食堂、それに、駅などを、きいて回った。

その間に、雨晴海岸の旅館、万葉館の女将さんにも、武井要を訪ねてきていた女性の似顔絵作りに協力してくれるように、頼んでおいた。

昼過ぎに、その似顔絵が、できたという連絡があったので、取りにいき、コピーして、高岡警察署の署長にも、渡した。

似顔絵は、たしかにフィギュアの顔立ちに、似ていた。十津川たちも、その似顔絵を持って、さらに聞き込みを続けていった。

その日一日、高岡市内をきいて回ったが、結局、答えは、見つからなかった。協力してくれている高岡警察署のほうでも、問題の女性に関する手がかりは、まだ何も、見つかっていないという答えだった。

十津川は、このままでは、いつまで経《た》っても、見つからないだろう。そう思ったので、今度は、地方新聞に、協力を要請することにした。

『高岡新報』という、地元に密着している完全な地方新聞で、発行部数二万部というタブロイドタイプの新聞である。発行部数はさほど多くないが、それでも、十津川は、人捜しの広告を、載《の》せてみることにした。

「実は、東京の殺人事件に関係していると思われる女性なんですよ。名前もわかりませんし、写真も、ありません。あるのは、似顔絵と、彼女をモデルにして作ったと思われるフィギュアだけなんです。この二つを載せて、心当たりの人は、一刻も早く、名乗り出てほしい。そう、訴えていただきたいのです」

ほかにも、似たような小さな地方紙があった。そこにも、十津川は、広告の掲載を、頼みにいった。

問題の女性が、高岡市に住んでいるとすれば、かなりの確率で、二つの地方紙のどちらかに、目を通すのではないか？　そんな期待をこめていた。

その日は、高岡市内のホテルに泊まった。

翌日、ホテルで朝食を取っていると、昨日、広告を頼んだ地方紙二つが、このホテルにも置かれていることがわかった。

それで、十津川は、少しばかり、気をよくしたのだが、その日一日経っても、問題の女性は、見つからなかったし、新聞社にも、何の情報も、寄せられなかった。

高岡警察署の署長は、

「この女性が、五年前、武井さんに会ったことは間違いないんですね？」

と、十津川に、念を押した。

「それは、間違いありません」

「ひょっとして、ここ五年の間に、亡くなってしまったんじゃありませんか？　なかなか見つからないところを、みると、亡くなった可能性も、考えてみる必要があると思いますからね」

高岡警察署の署長に、悲観的なことを、いわれてしまった。

たしかに、その可能性も、ないことはないのである。一向に見つからないということは、五年の間に、亡くなったということも充分に考えられるのだ。

六月十五日になって、十津川が恐れていたことが起きてしまった。

この日の夜十一時過ぎ、高岡駅近くの路地裏で、中年の女性が殺される事件が発生した。

年齢は四十歳前後だろう。和服姿の美人である。

犯人は、背後からナイフで被害者を刺して殺したと、考えられた。

十津川と亀井は、しらせを受けて、すぐ、女性が運ばれた駅近くの、病院に駆けつけた。

高岡警察署の刑事が、先に、病院にきていた。その刑事が、十津川に、説明した。

「身元を確認できるようなものは、何も持っていませんでした。路地裏に倒れていたところを発見されて、すぐ、救急車で、こちらに搬送されたのですが、間に合いませんでした。死因は、背中を刺されたことによるショック死です」

「身元を、確認できるようなものは、何も、持っていなかったんですか？」

「ええ、何も持っていませんでした。ハンドバッグもです。たぶん、犯人が持ち去ったものと思われます。十津川警部が、ウチの署長に見せた人形の顔と、似ていましたし、似顔絵とも、似ていました。それで、連絡したわけです」

と、刑事が、いった。

たしかに、あのフィギュアの顔立ちに、よく似ている。旅館の女将の協力で作ってくれた、似顔絵にもである。

この被害者は、五年前、武井要が雨晴海岸の旅館で、会っていた女性なのだろうか？

彼女が殺されていた路地裏の近くには、十津川たちが頼みにいった地方新聞『高岡新報』の社屋がある。

ひょっとすると、彼女は、その地方新聞の広告を見て、訪ねていったか、あるいは、訪ねていこうとしていたのかもしれない。

そうなると殺されたのが、ますます、十津川たちが、捜していた女性ということに、なってくる。

「こんな時に、不謹慎《ふきんしん》かもしれませんが、警部がいった言葉を、思い出しましたよ」

と、亀井が、いった。

「高岡駅は県庁所在地の駅ではないのに、北陸本線の特急は、停まるし、氷見線や城端線、それに、万葉線の始発駅でもある。今回の犠牲者は、高岡駅の近くの路地裏で殺されていましたから、どの線に乗って、この高岡に、やってきたのか、それとも、高岡市内に、住んでいるのかもわかりませんね」

　切符を持っていないから、北陸本線だけに限定するわけにもいかない。東京から特急「しらさぎ」そして、金沢《かなざわ》などで特急を乗り継いで、この高岡にきたことだって考えられるのである。

　十津川は、東京の捜査本部に電話をかけ、三上本部長に、こちらで、起きた殺人事件について、報告した。

「身元不明で、正確な名前や住所はわかりませんが、被害者は、武井要が作った『ミスM』というフィギュアのモデルになった女性だと、思われます。被害者の似顔絵を送りますので、武井要の関係者に見せて、しっているかどうかを、きいてみていただけませんか？」

　と、十津川は、三上に頼んだ。

　翌日、東京からの三上本部長の電話は、

「武井要の友人知人、家族、同業者など、考えられるすべての人間に、確認をしてみたよ。しかし、誰も、似顔絵の女性に、心当たりはないそうだ」

　高岡で起きた殺人事件は、富山周辺の新聞、テレビだけではなくて、全国紙にも載った。

その理由は、東京で殺された、ゲームの神さま、武井要と関係のある女性ではないかという憶測《おくそく》が、持たれているためだった。

しかし、このニュース報道に対しても、反応はなく警察や新聞社に、新しい情報はもたらされなかった。

「おかしいですよ」

亀井が、新聞を、睨《にら》むように見て、いった。

「新聞もテレビも、被害者は、ゲームの神さま、フィギュアの達人、武井要と、関係のある女性と思われると、報道しているのです。その上、もし、関係があるとなると、連続殺人になるのです。それなのに、どうして、情報が、全然集まらないのでしょうか？　これでは、今回の被害者について、この世の中に、彼女のことをしっている人間が、ひとりもいないように、見えるじゃありませんか？」

「まったく別の考え方も、あるよ」

と、十津川が、いった。

「そんなものがありますか？」

「あるグループのなかでは、この女性は、よくしられているということも、考えられるじゃないか？　ところが、彼女は、犯罪に関係していて、自分が、彼女のことをよくしっていると、警察、新聞社、テレビ局に、名乗り出たら、自分が、疑われてしまう。だから、誰もが黙っている。そういうケースも、考えられるんじゃないのかね？」

と、十津川が、いった。

富山県警捜査一課の小林《こばやし》という警部が、この殺人事件を、担当することになり、捜査本部が、高岡警察署に設《もう》けられた。

その小林が、十津川の意見に、賛成した。

「私も、十津川さんの意見に賛成ですよ。殺された女性についての情報が、集まらないのも、十津川さんの考えたような理由だと、私も、思いますし、それまでに、警察が捜していたのに、見つからなかったのも、おそらく、彼女が、犯罪に絡《から》んでいたからだと思います。自分が彼女をしっているといえば、疑われてしまう。だから、黙っている。そうなると、今後も、情報の提供は、あまり期待できませんね」

と、小林が、いった。

十津川は、その小林警部に、今までの礼をいい、もし、東京の事件との関係がわかれば、合同捜査になる。その時はよろしくといって、いったん、亀井と、東京に帰ることにした。

東京の捜査本部に戻ると、十津川はまず、西本と日下の二人の刑事を、呼んだ。

「加東肇のことで、何かわかったことがあるか？」

十津川が、きくと、

「ごく一般的な、公務員ですよ。地方の大学を出ているので、加東自身は、あまり、出世の期待は持てないと、考えているようです。ですから、プライベートの時間を、大切にし、旅行を楽しんだり、仲間と麻雀《マージャン》をやったりしています。三十五歳で独身ですが、今のところ、決まった女性とのつき合いはないようです。友人や職場の同僚たちの話によれば、農水省で、エリートコースを歩んでいるとはいえないが、信頼できる人だとは、いっています」

と、西本が、報告した。

「彼の経歴のなかで、どこか、おかしいところはなかったか？」

十津川が、きくと、今度は、日下が、答えた。

「加東肇は東北山形《やまがた》の生まれで、小中高、そして、大学も山形の学校です。その後、国家公務員試験を受けて合格し、農水省に入省しました。現在三十五歳で係長ですから、出世コースにあるとはいえません。両親は、今も山形に住んでいて、五歳年下の妹がいますが、この妹が、地元で、旅館の若旦那と結婚しています。家族にも加東自身にも、今のところ、特にこれといった問題は、ありません。ですから、彼の言葉は、信用していいと、そう判断しました」

第三章　朝倉《あさくら》氏の時代

1

十津川は、もう一度、太田博之に会うことにした。

太田博之は、かつて、武井要と一緒に、仕事をしていたことがあって、ある時、武井は、自分は今、戦国時代を舞台にしたゲームを作って、成功したが、本当は万葉の時代をゲームにしたかった。そう話していたと、証言した男である。

太田の自宅近くの、喫茶店で会い、まず、十津川が、

「先日、あなたが、教えてくださったことは、大変参考になりました。その節は、ありがとうございました」

と、礼をいうと、太田は、

「それで、武井さんを殺した犯人は、見つかりそうですか？」

「残念ながら、まだそこまでは、いっていません。先日のあなたのお話をもう少し、詳しくしりたくて、伺ったのですが、武井さんが、万葉の時代を舞台に、ゲームを作りたいと、話していたとおっしゃっていましたね？」

「ええ、いいましたが」

「正確な年月日を、しりたいのですよ。五年前に、武井さんは、誰にもしられずに、一年間、姿を消していたことが、あるんですよ。空白の一年間と、いわれていますが、その空白の一年間の前でしょうか？　それとも、後でしょうか？」

と、十津川が、きいた。

「そうでした。五年前でしたね。その頃、彼が作った『ゴーストサムライ』というゲームがヒットして、売れに売れていましてね。ゲーム会社からは、続編を、すぐに作れと、尻を叩かれていたんですよ。そんな時に突然、武井さんが姿を消してしまったんです。一緒に働いていた僕たちは、ゲーム会社があまりに急がせるので、それが、嫌になって、失踪してしまったのではないかと思ったりしていました」

「武井さんは、一年後に、帰ってきたんですね？」

「ええ、ある日突然、帰ってきたんですが、どこに、何をしにいっていたのかは、何もいわないんですよ。そうだ。その後だから四年前ですね。相変わらず、ゲーム会社からは『ゴーストサムライ』の続編を作るようにと、せっつかれていましたが、武井さんが、本当のことをいうと、自分は、戦国時代よりも万葉の時代に興味があるんだ。だから万葉の時代を舞台にした、新しいゲームを作りたいと、いわれたんですよ」

と、太田が、いう。

「そうすると、やはり四年前ということになってきますね。一年間の空白があった後、武井さんが戻ってきて、その後ということですね？」

「ええ、そうなりますね」

「不思議なのは、武井さんが、本当は、戦国時代ではなくて、万葉の時代を舞台にしたゲームを、作りたいといっていたのに、その後の死ぬまでの四年間に、万葉の時代を舞台にしたゲームを、ひとつも、作らなかったんでしょうか？　あるいは、フィギュアが、作られなかったんでしょうか？　作る時間は、充分にあったと、思うのですが」

「それは、私にもよくわかりません。というのは、武井さんが、万葉の時代のことを、話した後、私は都合があって、現在の会社に移って、しまいましたからね。ですから、その後、武井さんが、どんなゲームを、考えていたのか？　どんなフィギュアを、出すつもりだったのか？　わからないのですよ。申しわけありません」

と、太田が、いう。

十津川は、最近まで、武井要と一緒に仕事をやっていた人の名前をしっていたら、教えてほしいと、太田に、いった。

太田は、二人の名前を教えてくれた。

鈴木《すずき》信明《のぶあき》と小野《おの》浩《ひろし》という名前で、二人とも三十代で、最近まで武井と一緒にチームを作り、新しいゲームの開発に、取り組んでいた。現在、亡くなった武井の代わりに、新しい人間を加えて、四谷《よつや》でスリーポイントというスタジオを立ちあげているとききき、十津川は訪ねてみることにした。

そのスタジオで、鈴木信明と小野浩の二人に会い、太田博之の名前を告げると、こもごも、こんなことをいった。

「太田なら、一緒に働いていた仲間ですから、よく、しっていますよ」

「太田さんにきいたのですが、武井さんが、五年前に失踪し、一年経《た》って、突然、帰ってきた後、自分は、戦国時代を舞台にした『ゴーストサムライ』で当てたけれども、本当は、戦国時代よりも、万葉の時代に興味があって、いつか、万葉の時代を舞台にしたゲームを作りたいんだと、いっていたというんですが、お二人は、武井さんから、そういう話を、きいたことがありますか？」

十津川が、きくと、二人は、一瞬、顔を見合わせた後、鈴木が、

「武井さんから、万葉の時代の話とか、万葉集のことなんか、一度もきいたことがありませんね。その後、彼が本気で、万葉の時代を舞台にしたゲームを、作りたいと思っていたのなら、その後、四年間も、あったわけですから、当然、それらしきものを、作っていたはずだと思うし、武井さんから、そういう話が、私たちにあってもおかしくないんじゃありませんか？　しかし、そういう話は、なかったし、万葉の時代を、舞台にしたゲームも作っていませんから」

小野も、

「今、鈴木がいったように、武井さんから、そういう話を、きいたこともないし、現実に四年の間に作られたゲームは、相変わらず『ゴーストサムライ』と同じように、戦国時代を、舞台にしたゲームばかりですよ」

「武井さんが、突然、失踪した時期がありますが、もちろん、そのことは、覚えていらっしゃるでしょう？」

「ええ、あれは『ゴーストサムライ』が当たりに当たって、その続編を、一刻も早く

作ってくれと、ゲーム会社から、せっつかれていた時でしてね。そんな時、突然、武井さんが、行方《ゆくえ》をくらましてしまったので、びっくりしましたよ」

「それで、一年後に、帰ってきた？」

「そうです」

「その時、武井さんは、お二人に、何かいいましたか？　どこに、何のために、いっていたのかといったことですが」

「いや、失踪に関する話は、何もありませんでしたね」

鈴木が、いうと、小野も、

「武井さんのような天才は、気紛《きまぐ》れなところが、あるからなと思って、こっちも、何もききませんでした」

「武井さんは、一年間の空白の前と後とでは、何か、変わったところは、ありませんでしたか？」

「そうですね」

と、鈴木は、少し、考えていたが、

「そういえば、あの後、武井さんは時々、フラッと、いなくなることが、ありましたね。もちろん、一年間という、長い期間ではありませんが、一週間とか、十日間とか、姿を消してしまうのですよ」

「いなくなるというと、いったい、どこへいったんですかね?」

「気分転換に旅行にいってくる。あるいは、いってきたといっていましたが、どこにいっていたのかはわかりません。その点に関しては、彼は、何もいいませんでしたし、こちらも、ききませんでしたから。ただし、仕事は、きっちりやっていたので、どこからも、文句は出ませんでした」

鈴木が、いい、小野も、うなずいた。

2

次に、十津川が亀井と一緒に足を運んだのは、武井要が卒業したN大学だった。

武井要は、今から十三年前、このN大学の物理学科を、卒業している。

中林《なかばやし》という事務長に、十津川たちは、武井のことをきくことにした。

「武井君は、優秀な成績で卒業しましてね。一時、コスモ工業で、働いていましたよ。コスモ工業は、刑事さんもご存じのように、精密工業では、日本一といわれる会社なので、私たちも、喜んでいたのですが、それが、わずか六カ月でやめてしまいましてね。私も心配になったので、武井君に、どうしてやめてしまったのかときいたんですよ」

「武井さんは、何といったのですか？」

「こういいましたよ。自分が、本当にやりたいことが、見つかったので、コスモ工業は、やめることにしたとです。その後『ゴーストサムライ』というゲームソフトの企画から設計まで、彼はひとりでやって、それがヒットしたので、同じ二十代の仲間と、ゲームを作る会社を、立ちあげて社長になったときかされましてね。正直なところ、喜んでいいのか、怒っていいのか、わかりませんでした」

中林事務長は、苦笑している。

十津川は、大学時代、武井と一番親しかった親友を教えてもらいたいと、事務長に、頼み、高橋光太郎《たかはしこうたろう》という、現在、コスモ工業の課長補佐になっている、同窓生を紹介してもらった。

コスモ工業には、武井と一緒に、同期入社した男だという。

ウィークデイなので、三鷹《みたか》にあるコスモ工業の本社に、会いにいった。

高橋とは、会社のなかにある、応接室で会った。

「あの武井が、殺されたなんて、今でも、信じられません。残念で、仕方がありませんよ」

と、高橋が、いう。

「武井さんは、コスモ工業に入社したのに、わずか六カ月でやめてしまったそうですね？」

「そうなんですよ。今から、十三年前のことですが、突然、会社をやめるといい出したので、ビックリしてしまいましてね。私なんか、いい会社に、就職できたと、喜んでいたんですから」

「その後も武井さんとは、つき合っていたんですか？」

「ええ、時々会っていましたよ。ただ『ゴーストサムライ』のゲームが当たった後は、とにかく忙しかったらしくて、こちらから、電話をして食事に誘っても、断られることが、多かったですね」

「大学時代の、武井さんの趣味は、どんなことだったんですか？」

十津川が万葉集という言葉を、わざと、出さなかったのは、余計な予断を相手に、与えてはいけないと、思ったからである。

「そうですね」

と、高橋は、少し間をおいてから、

「旅行が好きでしたね。夏休みとか、冬休みとかになると、よくひとりで、旅行に出かけていましたよ」

「それは、国内旅行ですか？　それとも、海外旅行ですか？」

「武井は、鉄道のマニアでも、ありましたから、鉄道を使った旅をするのが一番楽しいと、いっていました。ですから、国内旅行が、多かったんじゃありませんか？」

「そのほかの趣味は、なかったんですかね？　例《たと》えば、車とか、バイクが好きだったとかですが」

「学生時代、彼は、バイクも車も、持っていませんでしたよ。鉄道が好きでしたから、鉄道を使っての旅行を、楽しんでいたんじゃないですかね」

「本は、どうですかね？」

と、亀井が、きいた。

「小説よりも、どちらかというと、マンガのほうが、好きだったような気がしますね。それも、SFマンガというのですか、スターウォーズのような、ああいう感じのマンガを、いつも読んでいましたよ」

「武井さんは『ゴーストサムライ』というゲームを作って、一躍《いちやく》、有名になりましたが、その頃も、高橋さんは、武井さんと、つき合っていたんですか？」

「ええ。『ゴーストサムライ』というゲームも、市販される前に送ってくれましてね。なかなか、面白いゲームだと思いましたよ」

「武井さんが、一年間、姿を消してしまった話が、あるのですが、これも、ご存じでしたか？」

「もちろん、しっていました。新聞にも、そのニュースが、小さくでは、ありましたが、出ていましたから」

「その後も、高橋さんは、武井さんと、つき合っていたんですか？」

「もちろん、ずっと、つき合っていました。ですから、先日の、告別式にも参列しましたよ」

十津川が、きいた。

「武井さんの女性関係も、ご存じですか？」

「しっているというよりも、つき合っている女性のひとりが銀座《ぎんざ》のクラブの子で、そのクラブに、飲みに連れていってもらったことがありますよ。もちろん、武井が、奢《おご》ってくれたんですけどね。その後できいたら、ああいうつき合いをしている子は、ひとりだけじゃない。何人かいる。しかし、誰とも、深いつき合いはしていない。そんなことを、武井が、いやに、真剣な表情で、話していたのを覚えているんですよ」

「つまり、今、つき合っている女性は、結婚相手ではない。本気でつき合っているわけではない。そんな、感じですか？」

「そうですね、そんな感じでした」

と、高橋が、いう。

「ゴーストサムライ」が爆発的に売れると、つき合いの範囲が、広くなって、パーティに顔を出したり、宴会を開いたりすることが、多くなって、どうしても、何人もの女性と親しくなる。

彼女たちが、本当に武井のことが好きで、つき合っていたのか、それとも、単なるビジネスで、つき合っていたのかはわからない。

武井のほうは、彼女たちとは本気でつき合ってはいなかったと、高橋が、いう。

「五年前に、突然、武井さんが行方不明になりました。そのことは、ご存じだったと、おっしゃいましたね？」

「ええ、しっていましたよ。新聞にも、出ましたし、その頃の仕事仲間なんかが、行き先をしりたくて、私のところに、何回も電話してきましたよ。だから、自然に、武井が、行き先も告げずに、いなくなってしまったことを、しりましたよ」

と、高橋が、いった。

「われわれは、武井さん殺害事件を捜査しているので、空白の一年間に、武井さんが、いったい、どこで何をしていたのかを調べました。武井さんは、五年前の一年間、富山県の雨晴海岸の旅館に、滞在していたということがわかりました。雨晴海岸をご存じですか？」

「いえ、まったくしりませんが」

「武井さんから、この海岸の名前をおききになったことはありませんか？」

「きいたことは、ありませんね。しりません」

「この雨晴海岸の近くに、万葉線という鉄道が、走っているんですよ。町のなかを走っている市電のような鉄道なのですが、その昔、万葉歌人の大伴家持が、五年間、国司として赴任《ふにん》していたことから、万葉線という名称で呼ばれるようになったといわれています。高橋さんに、この話をしませんでしたか？　雨晴海岸とか、万葉線とか、大伴家持とかいった話なのですが」

「いや、どれも、初めてきく話ばかりですね。大学時代から、武井は旅行が好きだったから、その頃に、富山県の万葉線に乗ったり、雨晴海岸を歩いたのかもしれませんね」

「武井さんは、大学時代、万葉集が好きだったということはありませんか？」

と、亀井が、きいた。

「武井は昔から、鉄道を使った旅が、好きでしたからね。ひょっとすると、その頃、富山県の万葉線という鉄道に、乗りにいったのかもしれません。しかし、彼から、そういう話をきいたことがありませんし、私が、あまり旅行が好きではなかったので、武井は、私には、あえて、そういう話を、しなかったのかもしれません」

と、高橋が、いった。

高橋に話をきいた後で、十津川は、亀井に向かって、

「もう一度、武井要が住んでいた六本木のマンションに、いってみたくなったね」

と、いうと、

「私もいってみたくなりました。あのマンションには、われわれが、まだ、見過ごしているものが、あるような気がします」

と、亀井も、いった。

六本木にある「ヴィラ六本木」一五〇六号室は、いぜんとして二人の警官が、警備に当たっている。

十津川と亀井は、その警官に、

「ご苦労さん」

と、いいながら、なかに入った。

十津川が、調べたくなったのは、書斎にあった本棚である。そこには、一番新しい時刻表と、日本全国の、鉄道の写真集が並べてあった。

しかし、もう一度、調べてみると、十津川が期待した万葉集関係の本や、富山を走っている万葉線の写真集といったようなものは、どこを捜しても、見つからなかった。

「ありませんね」

と、亀井が、いった。

「ないね。あるはずだと思って、きてみたんだがね」

「武井要は、一年間、富山県の、雨晴海岸の旅館に、滞在していたわけですから、いまさら万葉集の本などは、必要なかったんじゃありませんか?」

「たしかに、一年間、雨晴海岸の旅館に、滞在していたり、万葉線に、乗っていたりしていれば、参考文献などは、必要ないかもしれないな。しかし、武井は『ゴーストサムライ』のゲームが、当たりに当たっていたのに、太田という友人には、戦国時代よりも万葉の時代のほうが、好きで、本当は、その時代のゲームを、作りたいと話していた。もちろん、大伴家持の館《やかた》の跡などを実際に歩いてきたのだろうから、いまさら写真集や参考書などは、要《い》らないと思うがね。しかし、万葉集には、素晴らしい歌がいくつもあるんだ。ウチの奥さんも万葉集が好きで、歌集を持っているよ。折にふれて、万葉集の短歌というのか、和歌を読むのが気持ちがいいらしい。ウチの奥さんは、熱狂的な万葉集のファンというわけではないんだが、それでも、読んでいると、気持ちがいいといっているんだ。万葉の時代が好きで、その時代を、舞台にしたゲームを作りたいといったり、五年前、万葉線とか、氷見線の雨晴海岸などを、歩いていた武井が、万葉集の歌集を持っていなかったというのは、不思議で仕方がないんだよ」

十津川は、背広のポケットから、万葉集の歌が載《の》っている文庫本を、取り出して、亀井に見せた。

「私も、時には、こうして、万葉集の歌が載っている文庫本を、背広のポケットに入れているんだ。折にふれて、読んでみたいからね」

「こうして考えると、武井要が万葉集に関心があって、万葉の時代を舞台にしたゲームを作りたいと、友人の太田博之に話していたというのは、どうも、眉唾《まゆつば》ですね」

「たしかに、カメさんのいうとおりなんだ」

十津川は、さらに言葉を続けて、

「こんな結論になるとは、思ってもみなかったな。武井要が、どんなに万葉集が好きだったか、その万葉集のなかでも、誰が詠んだ、どんな歌が好きだったかがわかってくれば、それが、捜査の参考になると思って、期待していたんだがね。逆になってしまったよ」

「警部は、この結果を、どう思われますか？」

亀井が、きいた。

「それが、簡単には、断定できないんだよ。死んだ武井要が、万葉の時代を舞台にしたゲームを作りたがっていたというのは、まったくの嘘《うそ》だった。武井は、万葉の時代、あるいは、万葉集に、何の関心もなかったと、簡単に断定するのは易《やさ》しいのだが、そうなると、太田博之が、なぜ、あんな話を、私たちにしたのか、その理由がわからなくなる」

「警部は、太田博之という男の話を、まだ、信用しておられるのですか？」

「たしかに、武井要が親しくしていた男たちのなかで、太田博之をのぞくと、武井が、万葉の時代や、万葉集が好きで、その時代を舞台にしたゲームを、作りたがっていたという話は、まったくきけなかった。しかしだね、武井が、五年前の一年間、雨晴海岸の旅館に滞在していたことは、紛《まぎ》れもない事実だし、万葉線に乗っていたというのも、間違いない。だから、武井が、万葉の時代に関心があったのは嘘だと、簡単に、決めつけることは、できないんだよ」

「警部は、太田博之に騙《だま》されたという気持ちは、持っておられないわけですか？」

「私は、正直にいって、迷っているんだ。武井要が、万葉集に関心があったという話があり、なかったという者もいる。この二つは、可能性としては、半々だと思っている。カメさんは、どうなんだ？　今も、武井要が、万葉集の世界が好きだったと思うかね？　それとも、武井と万葉集との結びつきは、本当はなかった。太田博之の話はまったくのでたらめで、何か意図があって、嘘の話を、われわれに、したと思っているのかね？」

「今のところ、私にも、どちらとも、判断ができません。警部と同じように、どちらの可能性もあり得るので迷っているというのが、正直なところです」

　この日に開かれた捜査会議で、十津川は、自分の正直な考えを、三上本部長に、伝えた。

　とたんに、三上本部長は、渋い表情になった。

「捜査の陣頭に立っている君が、そんな、あやふやな気持ちでは困るじゃないか。君は、武井が、五年前、一年間いたという富山県の雨晴海岸に、いってきたんだろう？

武井が滞在していたという雨晴海岸の旅館にも、いっているはずだ。そのあたりは、万葉歌人として有名な大伴家持が、五年間、国司として赴任していたところだということも、調べてきたんだろう? それなら、誰が、何といおうと、死んだ武井要が、万葉集に、関心があったと考えるべきだろう」

「たしかに、私は、武井要が、万葉集に本当に、興味があったのか、違うのか、その点の判断に、迷っています。しかし、捜査には、あまり影響はないと思っています」

「そんなことは、ないだろう? 武井要が、どうして、殺されたのか? その動機にも、万葉集が、絡《から》んでくるんじゃないのかね?」

相変わらず渋い顔で、三上本部長が、十津川を見ていた。

「今は、ひとまず万葉集を棚上げした形で、捜査を進めていきたいと、思っています」

「そんな器用なことが、できるのかね?」

「別に、器用不器用ではなくて、万葉集のことがなくても、武井要を殺した犯人は、突き止められますし、逮捕できると、確信しています」

と、十津川は、いった。

捜査会議は、三上本部長が不機嫌なまま、終わってしまった。

その後で、亀井が、十津川に、きいた。

「大丈夫ですか？」

「万葉集云々《うんぬん》は、本当かもしれないし、嘘かもしれない」

「私は、三上本部長がいったように、万葉集の件は、武井が殺された理由にも、関係してくると思うのですよ。犯人側からいえば、動機です」

「今のままなら、動機は棚上げにして、捜査を進めていくよ」

と、十津川が、いった。

「動機を無視して、捜査を、進めていけますか？」

「できるもできないも、やってみるより仕方がないだろう」

十津川は、笑っていい、黒板に、

〈女〉


と、書いた。

「五年前、武井要は、一年間、富山県の雨晴海岸の旅館で過ごした。そして、そこで和服姿の美人に会っていた。当時の女の年齢は三十歳前後だと思われるが、身元の方は、まったくわからない。五年後になって、本人だと思える中年の女が、高岡駅近くの路地裏で殺された。この時も、身元を証明するようなものは、何ひとつ持っていなかった。武井要が、所有している『ヴィラ六本木』の部屋に、フィギュアがたくさん、飾られていたが、そのなかにひとつだけ、異質のフィギュアがあった。和服姿の女のフィギュアで『ミスM』と書かれてあった。このフィギュアと、五年前、武井が、雨晴海岸の旅館で会っていた女とは、同一人物らしい、さらにいえば、五年後の今日《こんにち》、高岡駅近くの路地裏で殺されていた女も、同一人物らしい。武井が、万葉集のことが好きで、万葉の時代に、関心があったということの真偽《しんぎ》は不明でも、高岡で起きた殺人事件の捜査をすることはできる」

「しかし、身元もわからないし、どういう女なのかもわかりません」

「その点は、富山県警捜査一課の小林警部が調べているから、そのうちに、身元もわかってくるはずだ」

十津川は、笑顔を見せた。

事件としては、簡単に見える。

ゲームの神さま、あるいは、フィギュア作りの達人といわれる、武井要という三十五歳の男が、突然、殺された。

武井要には、ひとつだけ、秘密があった。五年前の一年間、空白になっていた時期である。

捜査の結果、武井が、五年前の一年間どこにいたのかわかった。雨晴海岸にある旅館だったことがわかった。

そこで、武井は、和服姿の美人と、会っていた。名前は不明だが、彼女をモデルにしたのではないかと思われるフィギュアが「ミスM」と書かれて、六本木の自宅マンションの棚に、置かれてあった。

五年後の今日、高岡駅近くの路地裏で、四十歳くらいの女が殺された。

身元は不明だが、武井が雨晴海岸でよく会っていた女だと思われている。

これが、今回の事件の、すべてである。

武井が、果たして、万葉集に関心があったのかどうか、それがわからなくても、この捜査はできると、十津川は自分にいいきかせた。

3

十津川は、富山県警捜査一課の小林警部に、電話をした。

十津川は、こちらで起きている、問題について説明した後、

「高岡駅近くの路地裏で、殺された中年の女の件ですが、身元は、わかりましたか？」

「残念ながら、被害者の身元は、まだ割れていません。何しろ、高岡駅近くの路地裏で死んでいましたからね。高岡駅というのは、ご存じかもしれませんが」

「北陸本線の特急は、すべて停車するんでしょう？」

「そうです。つまり、すべての列車が停まるんです。それに、氷見線と万葉線、それに城端線の始発駅でもあるのです。ですから、被害者がどこからきたのかが、なかなか絞《しぼ》り込めないのですよ」

「たしかに、身元を割り出すのは、難しいと思いますが、その被害者は、どうやら五年前の一年間、氷見線の雨晴海岸にある旅館に、東京で殺害された武井要を、訪ねて通っていたと思われるのです。その時、彼女は、車を使っていませんから、氷見線か、あるいは、万葉線を使って、武井要に会いにいっていたのだろうと、思われます。そのことも参考にして、被害者の身元を調べて、いただけませんか？　わかり次第、すぐにそちらに伺います」

と、十津川が、いった。

「確認しますが」

と、電話の向こうで、小林警部が、遠慮がちな声で、いった。

「高岡駅近くの路地裏で殺された身元不明の女ですが、五年前に、雨晴海岸の旅館に一年間滞在していた、東京で殺された武井要に、会っていたんですね？　間違いありませんね？」

「間違いないと思います」

「彼女が、雨晴海岸の旅館に、武井要を訪ねていく時には、車を使わなかった。つまり、鉄道を、使っていたということですね？」

「そのとおりです」

「わかりました」

4

現在、高岡警察署に、捜査本部が置かれている。

県警の小林警部は、部下の八人の刑事を前にして、捜査の指示を与えた。

「高岡駅近くの路地裏で殺された女は、どうやら、東京で起きた殺人事件と、関係があるらしい。そこで、この被害者の身元を至急調べる必要が出てきた。被害者が、どこからきたのかは、今のところ、わからない。東京かもしれないし、大阪かもしれない。彼女が死んでいた場所というのは、そういう場所なんだ。北陸本線には、東京からも、名古屋からも、大阪からも、特急を乗り継いでやってくることができる。しかし、ここにきて、五年前には、雨晴海岸の旅館に滞在していた、武井要と会うために、車を使わずに、電車で、会いにいっていたことがわかった。ということは、彼女は、万葉線、氷見線か城端線の沿線に住んでいた可能性が高い。五年前に、彼女が、どこに住んでいたのかを、調べてもらいたい。それがわかれば、自然に、彼女の身元がわかるからだ」

と、小林警部が、いった。

刑事たちは、二人ずつコンビを組んで、いっせいに、五年前の女の行方を捜し始めた。

万葉線は、駅の数こそ多いが、全線でも十二・九キロしかない。

氷見線のほうは、営業距離が十六・五キロとなっているが、駅は八駅しかない。

城端線は、営業距離二十九・九キロ、駅の数は十三である。

いずれも駅は少なく、距離も短いのだが、いざ捜査に当たってみると、期待したような答えは、なかなか返ってこなかった。

万葉線の終点、越ノ潟駅に降りた二人の刑事が、まず駅の周辺を調べたが、問題の女性についての情報は、何も得られなかった。

普通ならそこで、出発点の高岡駅に戻ってしまうのだが、二人の刑事は、海に目をやると、対岸とを結ぶ渡し船があることに気がついた。

県営の渡し船である。

二人の刑事は、渡し船に乗って、対岸に渡ってみることにした。

渡し船を降りたあたりで、二人の刑事はもう一度、五年前の女性の似顔絵を、見せて、聞き込みをやった。

その結果、やっとひとつの情報が、見つかった。

渡し船が動いているところは、富山新港である。

そこから歩いて七、八分のところに、日本海に面して、五年前も今も、大きな屋敷があった。

古びた家である。

この地方の農民や漁民を束ねていた大庄屋の家だという。その庄屋の名前は、間下作右衛門《さくえもん》といい、五年前には、間下家の血を受け継いだ姉妹二人しか、残っていなかったという。

間下麻樹と間下美樹《みき》の二人の姉妹である。

五年前頃、この大きな屋敷の近くに住んでいた人々は、この間下姉妹について、あるいは間下家について、話をするのも、近づくのも、嫌がった。

間下家は四百年以上続く庄屋だったが、なぜか男だけが、次々に亡くなっていった。

最初は当主が亡くなり、続いて、長男、二男と男ばかりが死んでいき、五年前には、二人の姉妹しか、残っていなかった。

人々は、あれは、悪いものが、あの一家に流れていて、男ばかりが、死んでいくのだと、噂《うわさ》し、間下姉妹に近づいたり、あるいは、二人のことを話すことも、タブーになっていたという。

そのうちに、間下姉妹は、家を離れ、東京に出ていった。

東京で大学を卒業しその後、東京に住んでいたが、なぜか五年前に、突然、間下姉妹は、屋敷に戻ってきた。

万葉線の終点、越ノ潟駅、その駅の近くにある派出所の巡査が、県警の二人の刑事に、間下家のことを説明してくれた。

「申しあげましたように、五年前に突然、家を離れていた間下姉妹が、ひょっこり帰ってきたんですよ。そして、一年間だけ、あの屋敷に、住んでいました。ところが一年経《た》つと、なぜかまた、間下姉妹は、あの屋敷を、出ていってしまったのです。何の挨拶《あいさつ》もせずに、突然、いなくなってしまったので、近所の人たちは、あれこれ噂していましたね。例《たと》えば、間下家に伝わる悪いもののせいで、姉妹は突然、亡くなってしまい、あの屋敷のなかで、白骨に、なってしまっているんだとか、あの間下家を恨《うら》む人間がいて、屋敷に忍び込み、姉妹を斬《き》り殺してしまったらしいとか、そんな噂話も伝わってきました。そこで、確認のために、私が、屋敷のなかに入ってみますと、誰もいませんでした。住民票は動いていませんので、間下姉妹が、どこにいったのかはわかりませんでした」

その巡査に、県警の刑事が、高岡駅近くの路地裏で殺された中年の女の写真を見せると、巡査は、うなずいて、

「このひとなら、間下姉妹の、お姉さんのほうですよ。間下麻樹さんです。間違いありません」

「間下姉妹というのは、どんな人たちだったんですか？」

と、刑事のひとりが、きいた。

「間下姉妹というのは、二人とも大変な美人で、教養もあるのですが、近くの人たちは昔から、間下家に対して、偏見を持っていますからね。とにかく、あの家には、悪いものが流れているから怖《こわ》いとか、近づかないほうがいいとか、そんなことばかりいっていましたからね。間下姉妹のほうでも、自分の家なのに住みにくいと、いっていましたね」

と、巡査が、いった。

二人の刑事は、少しばかり、気味が悪かったが、それでも、広い間下家の屋敷に入ってみた。

とにかく、建てられたのが二百年以上前だということもあって、頑丈《がんじょう》にできているのだが、なかに入ってみると、暗く、ジメジメしていた。

広い家である。

庭も広いし、門も大きい。

屋敷のなかは十二の部屋にわかれ、いかにも大庄屋の屋敷らしく、昔の甲冑《かっちゅう》や鎧《よろい》が床の間に飾られていたり、庭には、弓道の施設があったりする。

広い書斎には、掛け軸や、さまざまな陶器類などが置いてあったが、そのなかに、手書きの万葉集の本が見つかった。

他にも、古文書が、積み重ねて置かれていて、それを調べていくと「間下家文書」と書かれた文書が、見つかった。どうやら、間下家の歴史が書かれたものらしい。

二人の刑事は、手書きの万葉集と、「間下家文書」の二つを持って、屋敷をあとにした。

県警では、富山大学の歴史学科の教授に依頼して「間下家文書」を、現代文に訳してもらうことにした。

あるいは、殺人事件の捜査に役立つかもしれないと考えて、急がせたので、一週間で、だいたいの筋書きだけは、わかってきた。

越前の歴史は、応仁の乱に始まっていた。

朝倉氏の七代、朝倉孝景は、応仁の乱で戦功をあげ、その後、越前の甲斐氏と戦って勝利し、越前を支配するようになった。

「間下家文書」によれば、越中の間下家は、この時、朝倉氏に味方し、主として、糧食の手当てで手助けし、朝倉氏が、越前を領有したあと、第一の大庄屋といわれるようになった。

その後、朝倉氏は、京都に近い、一乗谷に城を築き、京文化を取り入れて、華やかな文化を花開かせた。

当然、間下家も、京文化を取り入れ、贅《ぜい》をつくし、屋敷に、京都の文化人を迎え入れて歓待した。

間下家に、危機が訪れたのは、朝倉義景の時である。義景は近江《おうみ》の浅井長政《あざいながまさ》と反信長連合を組んで、織田信長に戦いを挑《いど》んだ。この戦いに大敗し、朝倉氏は滅亡した。

間下家は、最初、朝倉氏に味方していたが、当主の七代目作右衛門は、朝倉氏の劣勢を読んで、突然、織田氏に味方して、一乗谷の城に、火をつけ炎上させた。

これが、決め手になって、朝倉氏は、滅亡した。

織田信長は、間下作右衛門の手柄を激賞し、遠縁の娘を、作右衛門のひとり息子に、嫁《とつ》がせた。

ところが、そのあと、この夫婦は、熱病にかかり、相ついで病死したため、朝倉氏の怨念《おんねん》と噂が立ち、祟《たた》りとも、噂された。

その後、支配者は、代わっていったが、間下家は、上手《うま》く立ち回り、資産を増やしていったが、なぜか、男子は早死にしていき、それは、すべて朝倉氏の呪《のろ》いと噂された。

5

十津川は、県警の小林警部から、間下姉妹の話をきくと、すぐ、富山にいくことを、決断した。

「万葉線の終点、越ノ潟で、お会いしたい」

と、十津川が、告げた。

「大庄屋の屋敷を、ご覧になるといいですよ。間下姉妹のことも、自然にわかりますから」

「ぜひ、見たいと思いますが、他にも、そちらで調べたいことがあるのです」

十津川は、それだけいって電話を切った。

翌日、十津川は、ひとりで、出かけることにした。

特急を乗り継ぎ、高岡からは万葉線で終点までいく。終点の越ノ潟駅には、県警の小林警部が、待っていてくれた。

渡し船で対岸にいき、歩いて、間下家の大きな屋敷を、訪ねていった。

屋敷のなかに入り、二人で一階と二階をゆっくりと歩きながら、

「電話では、こちらで、調べたいことがあるとおっしゃいましたが、どんなことですか？」

小林警部が、きいた。

「実は、この屋敷のことではないのです」

「といいますと？」

「戦国時代、越前は朝倉氏が支配していたわけです。越中の間下家は、朝倉氏に仕《つか》えたり、時には裏切ったりしてきたわけでしょう？」

「そうです。上手く立ち回っています」

と、小林警部は、いった。

「朝倉氏は、織田信長に滅《ほろ》ぼされ、その後、柴田勝家《しばたかついえ》が越前の領主になりました。江戸時代は、松平《まつだいら》姓を名乗る酒井《さかい》家が、領主となっています。その三代の間、間下家はずっと、大庄屋として仕えてきました。間下家が幸運だったのは、朝倉家、柴田家、そして、酒井家ですが、いずれの時も、この土地は、三代の領主が城を構えていたのではなくて、いわば領主の子息や、あるいは、弟などが城を構えていて、そこに、間下家があったことだと思うのですよ。ですから、領主が攻め滅ぼされて、新しい領主がきても、変わらずに仕えることができたのです。また、新しい領主も、大庄屋である間下家の力を利用することを考えていて、潰《つぶ》そうとはしなかったんです。そのことが、かえってよかったんだと思いますね。その上、間下家は、農業だけではなくて、江戸時代には、北海道から関西まで日本海を往復していた北前船《きたまえぶね》、その北前船が、台風などを避けて寄港する港がそばにあったので、その北前船からも利益をあげていたと考えられるのです」

「なるほど」

「ただ、間下家は、周辺の商人や農民たちから、一応、尊敬されていましたが、逆に敬遠もされていたのです。どういうわけか、間下家では当主が早死にし、また、子供のうち、女性は長生きしているのですが、男性のほうは、当主と同じように、早死にしてしまっています。そのことで、この周辺に住む農民や漁師たちは、間下家には、何か悪いものが流れているに違いないとか、あるいは、間下家によって酷《ひど》い目に遭《あ》った人間が、間下家に対して怨念を抱《いだ》いており、そのことが、当主や男性が早死にをする原因になっているのではないか？　一番、いわれるのは、朝倉氏への裏切りですね。皆がそんなことを考えて、敬遠していたわけです」

「まだ、この屋敷のなかには、怨念の世界が生きているということですか」

「私も、今時、そんなことがあるんだろうかと思いました。間下家では、たしかに男性だけが早死にし、女性は長生きしていますが、そんなことは、科学的には考えられないのではないか？　そんなふうに思いましたが、調べてみると、たしかにそうなっていて、間下麻樹と間下美樹の女性二人だけしか、この屋敷には、住んでいなかったことがわかって、ビックリしているのです」

「間下姉妹がここに住んでいた頃ですが、その時も、この周辺の農民や漁師たちは、彼女たちとのつき合いを、敬遠していたわけですね。そうなると、ただ単に、怨念だとか、間下家の血筋に、何かあるんじゃないかという、そうしたことだけで敬遠しているとは思えないんですよ。今回、周辺の人たちに改めて、そのあたりの話をきいてみようと思っています」

と、十津川が、いった。

「それでしたら、私もつき合いますよ」

小林警部が、いってくれた。

二人で、農家や漁師の家を回って歩いた。

だが、なかなか正直な答えはしてもらえなかった。

やはり、昔の大庄屋の家ということもあって、正直に話すことが、難しいのかもしれない。

それでも諦《あきら》めずに回っていると、途中からやっと、農家や漁師の本音《ほんね》をきくことができるようになった。

ある一軒の農家では、こんな言葉が返ってきた。

「あの間下姉妹は美人だし、言葉は丁寧《ていねい》だし、礼儀も正しいので、最初のうちは、誰も敬遠なんてしていませんでしたよ。ごく普通に近所づき合いをしていましたよ」

と、いう。

「どうして、あの姉妹を敬遠するように、なっていったのですか？」

「どうも上手くいえませんねえ」

「どういうわけか、間下家では、なぜか男性だけが早死にする。やはり、そのことがあったからですか？」

十津川は、重ねて、きいた。

「たしかに、それも、少しは関係していたかもしれませんけど、あの姉妹は美人だし、優しいし、謙虚で礼儀正しかったですからね。その点は、別に問題もなかったんです。ただ、話をしていると、あの姉妹は二人とも、時々、変なことをいうんですよ」

「変なことというと？」

「自分たちは、朝倉氏の二十九代目の子孫だとか、自分たちには、今でも、その血が流れているとか、真顔で、そんなことを、いい始めるんですよ。しかし、朝倉氏というのは、一乗谷にお城があって、当時のお殿様も家来も、一乗谷に、住んでいたんですよ。織田信長に攻め滅ぼされて、一乗谷の町は、焼き払われてしまったし、朝倉氏は、完全に滅亡してしまいました。それは間違いのない事実なのです。したがって、二十九代目の子孫が、今も、生きているはずがないんですよ。それに、朝倉氏のなかには、間下という姓名の家臣は、いませんからね。ですから、最初は冗談でいっていると思ったのです」

「しかし、冗談ではなかったのですね？」

「そうなんです。姉の麻樹さんも、妹の美樹さんも、本気でいっているんですよ」

漁師の家では、奇妙な話をきかされた。

「何年前だったかは、忘れましたが、あのお屋敷に、姉妹の女性だけが、住んでいたことがあったんですよ。その時ですかね、お正月の年賀の挨拶に、見事な寒ブリが獲《と》れたので、二匹持って伺いました。そうしたら、あのお姉さんのほうだったか、それとも、妹さんのほうだったかは忘れましたが、突然、こんな話をするんですよ。越前を支配していた朝倉氏が、織田信長の軍勢に攻め滅ぼされて、当主の朝倉の殿様は、自刃《じじん》してしまった。城も家も焼かれて、越前の朝倉氏は滅亡した。そういわれているが、本当は違うのです。そんな話をきかされたので、ビックリして、どこが、どう違うのかときくと、朝倉の殿様は、この港から、当時、港に停泊していた北前船に乗って、みちのくまでお逃げになったんですよ。今の青森《あおもり》ですよ。そこに、お城を築いて、なおも織田信長との戦いを続けようとしていた時に、京都で織田信長が殺されてしまった。だから、朝倉氏は滅びていないんですよ。だから、私たちのような二十九代目の子供がいたとしても、決しておかしくないのです。姉妹揃《そろ》って、そんなことをいっていましたね」

「この地方には、そういう話が伝わっているのですか？　朝倉氏は、織田信長に滅ぼされたのではなくて、ここから、ちょうど港に入っていた北前船で、青森に逃げたという」

十津川が、きくと、漁師は、笑って、

「いや、そんな話は、一度もきいたことがありませんよ。あの姉妹が、勝手にいっているだけですよ。第一、北前船というのは、江戸時代の中期になってから、活躍した船ですからね。そもそも、戦国時代に、北前船が存在するはずがないんです」

「それでも、間下姉妹は、その話を信じているようでしたか？」

「ええ。私たちが、少しでも、異議を唱《とな》えると、たちまち血相を変えて、なかには、湯呑茶碗《ゆのみぢゃわん》を投げつけられた漁師も、いますからね。そんなこともあって、だんだんと、あのお屋敷には、誰もいかなくなってしまったんですよ」

と、漁師が、いった。

「間下姉妹ですが、万葉集のことを話したりはしませんでしたか？」

と、十津川が、きいた。

そうすると、漁師は、笑って、

「万葉集を、私は、よくしらないのですが、あの間下姉妹は、時々、それらしい歌を口ずさんでいましたよ。あれはきっと、刑事さんのおっしゃっている万葉集じゃないかと思いますね」

と、いった。

第四章　再捜査の旅

1

十津川は、今回の一連の事件について、もう一度、初めから調べ直すことにした。事件の関係者の多くが、嘘《うそ》をついているような気がするからだった。そこで、今回の事件のなかで、最も冷静な観察者に見える農水省の加東肇に会うことにした。

十津川は亀井と二人で、農水省の昼休みの時間を狙って、省内の喫茶室で、加東に会った。

「私たちは、東京と富山で起きた二つの殺人事件を、富山県警と、合同捜査で調べています。それで、加東さんのお話をおききしたいのですよ。本当のことをしりたいのです」

十津川が、いうと、加東は、眉をひそめて、

「私は、いつだって、本当のことを喋っていますが」

「あなたが、本当のことを話しているとすると、あなたの相手の人が、嘘をついているケースがあるんです。たしか、加東さんは、五年前に一度だけ、東京のホテルで、見合いをしたことがあると、おっしゃっていましたね？」

「ええ、それが何か？」

「相手の女性の名前を、もう一度確認したいのです。何という女性と、見合いをされたのですか？」

「たしか、間下麻樹という女性です。一度だけ会って、それで、別れてしまったので、どんな女性だったのか、ほとんど覚えていないのですが、たしか、知人の紹介で、見合いをしたのです。詳《くわ》しいことは、何もわからないのですが、間下麻樹という名前だと、教えられたことは覚えています。M・Mというイニシャルだなと、思ったことを、今でも、覚えていますから」

と、加東が、いった。

「では、この写真を見てもらえませんか」

十津川は、富山県警に渡された、間下姉妹の写真を、加東に見せた。

「この二人のうちどちらと、五年前に、見合いをされたのですか？」

「よく似ていますね。ああ、姉妹ですか。たしか、私が見合いをしたのは、こちらの女性のほうです」

加東は、間下姉妹の妹のほうを指さした。

「こちらは、間下姉妹の妹さんのほうで、名前は、間下美樹さんです」

と、十津川が、いった。

加東は、エッという顔になって、

「しかし、間下麻樹さんだと、教えられて、本人も、間下麻樹だと、自己紹介したんです。美樹という名前では、ありませんでしたよ」

「間下麻樹ならば、五歳年上のお姉さんのほうに、なりますが、妹さんに、間違いありませんか？」

十津川が、念を押した。

「ええ、もちろん。私は、こちらの妹さんのほうと、見合いをしたんです」

「今年になって、あなたは、福井県の、一乗谷朝倉氏遺跡に、旅行されましたね？」

「ええ、そのことは、もう、刑事さんにお話ししたはずですが」

「わざわざ、いらっしゃって、お話を伺いました。その時に、五年前に見合いをした女性と、ばったり会った。そうでしたね？」

「そのことを彼女にいったら、彼女からは否定されてしまいましたが、あれは、間違いなく、五年前に、一度だけ見合いをした女性ですよ。間下麻樹さんです」

「ところが、あなたが見合いをした相手、今年、福井県の一乗谷朝倉氏遺跡で会った女性というのは、麻樹さんではなくて、妹の美樹さんのほうなんですよ」

「しかし、彼女が持っていた運転免許証の名前は、間違いなく、朝倉麻樹になっていましたよ。美樹じゃなかったです」

相変わらず、加東が、盛んに首をかしげている。

「その運転免許証ですが、本物だと、確認しましたか？」

また、加東は、エッという顔になって、

「あの運転免許証は、偽物だったんですか？」

「それは、まだ、わかりませんが、朝倉麻樹という運転免許証は、ないんですよ」

「しかし、どうして、彼女は、偽物の、運転免許証なんか、持っていたんですか？」

「それが、今回の、一連の事件の問題点だと思っているのです。もう一度確認しますが、五年前に、あなたが、一度だけ見合いをして、今年、一乗谷朝倉氏遺跡で会った人、それは、この妹のほうですね？」

「写真で見れば、間違いなく、妹さんのほうですが、私と見合いをした五年前には、間下麻樹と名乗っていたし、今年見た時の、運転免許証には、朝倉麻樹となっていて、美樹という名前では、ありませんでしたが」

「わかりました。その点を、もう一度、確認して、おきたかったのです。あなたはたしか『旅行タイムス』という同人雑誌に、入っていて、編集長は、佐々木茂という人だと、おっしゃいましたね？」

「そのとおりです」

「あなたが今回、一乗谷朝倉氏遺跡を取材したのも、編集長の佐々木茂という人に頼まれたからだと、おっしゃいましたよね？」

「ええ」

「佐々木茂という人は、どういう人なんですか？」

「年齢は、僕より十歳くらい上ですから、四十五、六歳ぐらいじゃないですかね？　何でも、昔、文芸雑誌の編集長をやっていたことがあるので、今『旅行タイムス』の編集長をやっている。佐々木さんは、そういっていますが」

「どこの生まれで、現在、どういう仕事を、やっているのか？　結婚しているのか？

子供はいるのか？　そういうことは、ご存じないのですか？」

十津川が、きくと、加東は、また首をかしげて、

「旅行好きが集まって、勝手にやっている、同人雑誌ですからね。本屋で、売ってている雑誌ではないので佐々木さんも、ボランティアで編集長をやっているんです。だから、プライベートなことは、誰も詮索《せんさく》しませんよ。同人も、旅行が好きだから集まっているだけですが、それでいいんじゃありませんか？　佐々木さんという人は、これで金儲《もう》けをしようと、思っているような、そんな人じゃありません」

「しかし、今回は、佐々木茂さんに、頼まれて、福井県の一乗谷に、いったわけでしょう？」

「ええ、そうです。佐々木さんは編集長ですからね。いくら同人雑誌でも、毎回毎回、同じような内容の原稿ばかりでは、面白くありませんからね。それで、佐々木さんは『旅行タイムス』を、面白くしようと、一生懸命頑張っているんですよ。次の号では、福井県の一乗谷朝倉氏遺跡のことが、大きく載るんじゃありませんか？」

「佐々木さんが、どこに、住んでいるのかは、ご存じですか？」

「それはしりませんが、携帯の番号なら、しっていますよ」

と、加東が、いった。

「それでは、あなたが、電話をして、住所をきいていただけませんか?」

十津川が、いった。

加東は、自分の携帯電話を、取り出すと、佐々木茂の、番号を押した。

だが、相手が出る気配はない。

二、三回繰り返したが、同じだった。

「出ませんね。もしかすると、どこかに、旅行にいっているのかもしれませんよ」

と、加東が、いった。

「繰り返しますが、佐々木茂さんの依頼を受けて、あなたは、今回、福井県の一乗谷朝倉氏遺跡を取材にいって、原稿にまとめて、写真と一緒に、佐々木さんに渡したわけですね?」

「そうです」

「その後、佐々木さんは、あなたに、何か、いいませんでしたか? 福井県のことでもいいし、一乗谷朝倉氏遺跡のことでも、いいんですが」

「刑事さんがいわれたように、私は、佐々木さんの依頼で、一乗谷朝倉氏遺跡の取材にいってきました。それを原稿にまとめて、写真をつけて、都内の、中華料理店で食事をした時に、佐々木さんに、渡しました。その時、佐々木さんに、間下麻樹さん、本当は妹の美樹さんかもしれませんが、彼女のことを話したら、佐々木さんは、えらく興味を持ちましてね。その女性を、探し出して、話を、ききたいみたいなことをいっていましたね」

「それで、佐々木さんは、どうしたんですか？　彼女に、会ったんですか？」

「その後、佐々木さんに、会っていないので、どうなったかは、わかりません」

と、加東が、いった。

2

加東肇と、別れると、十津川は、警視庁捜査一課の肩書を使って、佐々木茂の携帯の番号から、住所を割り出すことにした。

わかった住所は、世田谷《せたがや》区の、世田谷線松陰《しょういん》神社前駅近くの、マンションだった。

すぐに亀井と、そのマンションにいってみた。築二十年以上と思われる、五階建てのマンションである。

その二〇五号室が、佐々木茂の部屋のはずだが、そこに、佐々木がいる気配はなかった。

管理人にきくと、二日前に、突然、佐々木

「佐々木茂さんですが、どこの、生まれで、何歳で、どんな仕

か、教えてくれませんか？」

十津川が、きいた。

「申しわけありませんが、そうした詳しいことは、何も、わかりません」

管理人が、いう。

「佐々木さんは、いつから、ここに住んでいたんですか？」

と、亀井が、きいた。

「たしか、四カ月ほど、前からです」

「その時に、佐々木さんと、契約書を、交わされたのではありませんか？　それを、ぜひ見せていただけませんか？」

「いえ、そういうものは、ありません」

「契約書がない？　このマンションは、契約書も交わさないで、部屋を貸すのですか？」

「実は、三〇五号室に、以前に住んでいた人がいたんですよ。二年くらい前から住んでいた人で、前田《まえだ》清志《きよし》さんという名前ですが、その人が、四カ月くらい前に、出るこ

とになって、友達を紹介するという形で、佐々木さんが入居してきたんです」

と、管理人が、いった。

「その前田という人ですが、引っ越した先は、わかりますか?」

「それも、わかりません。ただ、友達だといって、佐々木さんを、紹介して、引っ越してしまったんです。そうだ、何とかという雑誌の、仲間だといっていましたね」

と、管理人が、いった。

たぶん、それは『旅行タイムス』のことに違いない。

「三〇五号室を、見せてもらえませんか?」

と、十津川が、管理人に、いった。

三〇五号室は、1LDKの部屋である。四畳半の和室に、十二畳の洋間が、ついている。そこには、佐々木茂の、残していったと思われる、応接セットや、古いテレビなどが、置かれたままになっていた。クーラーも、取り付けられたままである。

そうしたものが、慌《あわ》ただしく、佐々木茂が、どこかに、引っ越していったことを示しているようだった。

「佐々木さんは、四カ月前に、こちらに、引っ越してきた。そうですね?」

十津川は、入口のところに立っていた管理人を、ふり向いて、きいた。

「ええ、そうです」

「佐々木さんは、毎日、何をしていたのですか?」

「何でも、旅行が好きだそうで、よく、どこかに、旅行していましたね」

「毎月の部屋代は、きちんと、払っていましたか?」

「ええ、きちんと払っていただいていました。お金には、困っていないんだと、いっていましたね。だから、旅行から、帰ってくると、私にも、お土産《みやげ》を、よくくれましたよ」

管理人は、笑顔になった。

十津川は、加東肇に協力してもらい、佐々木茂の、似顔絵を書いてもらっていた。それを、管理人にも、見せることにした。

「この、佐々木さんの似顔絵ですが、似ていますか?」

「ええ、よく似ていますね。ただ、この似顔絵は、メガネをかけていませんが、佐々木さんは時々、メガネを、かけていましたよ。何でも、四十歳を、過ぎた頃から、老眼になってきた。そんなことをいって、笑っていました」

と、管理人が、いった。

「四カ月の間、誰か、ここを、訪ねてきた人はいませんか?」

と、十津川が、きいた。

「何しろ、佐々木さんは、留守のことが、多かったですからね」

と、いった後で、管理人は、思い出したように、

「そういえば、二回ほどだったか、若い女性が訪ねてきたことが、ありましたね。きれいな人でしたよ。ええ、同じ人です」

十津川は、管理人の前に、間下姉妹の写真を置いた。

「ひょっとして、訪ねてきたという女性は、この二人のうちの、どちらかでは、ありませんか？」

十津川が、きいた。

管理人は、姉妹の写真を、じっと見ていたが、

「たしか、この人でした」

と、いって、妹の、間下美樹を指さした。

「この女性に間違いありませんか？」

十津川が、念を押した。

「ええ、間違いありませんとも。若くて、きれいな人だったから、よく、覚えているんですよ」

と、いって、管理人は、また笑った。

（どうやら、少しずつパズルが埋められていき、謎だらけの絵が、少しずつできあがっていくような気がする）

と、十津川は、思った。

十津川と亀井は、1LDKの部屋をもう一度、隅から隅まで、調べてみた。

佐々木茂という男について、何か、手がかりになるようなものが、残されていないかと思って、捜してみたのだが、これというものは、何も、見つからなかった。

ベランダに出てみると、そこに、大きめのバケツがあって、そのなかで、雑誌や手紙の類《たぐい》、あるいは、写真などを、燃やしたような痕跡があった。おそらく、自分が、何者かわかるようなものは、すべて、燃やしてから、佐々木茂は、このマンションを、引っ越していったのだろう。それも、大いそぎで。

十津川は、加東肇の携帯に、電話をした。

「あなたが、入っている『旅行タイムス』ですが、今そこにありますか？」

「今はありませんが、家に帰れば、ありますが」

「それでは、自宅に、帰ったら、同人のなかに、前田清志という人が、いるかどうかを、調べてもらえませんか？　もし、前田清志さんという人が、いて、その人の、住所か電話番号がわかったら、教えていただきたいのですよ」

と、十津川が、いった。

夜に入って、加東から、十津川に、電話が入った。

『旅行タイムス』の同人のなかに、たしかに、前田清志という名前があって、住所はわからないが、連絡先の携帯電話の番号ならわかる。そういって、加東は、その番号を、教えてくれた。

十津川はすぐ、その番号に、電話をかけてみた。

ひょっとすると、佐々木茂の時と同じように、相手が、出ないのではないかと思ったが、あっさりと、

「前田ですが」

と、相手が、いった。

こちらが、警視庁の刑事だというと、相手に身構えられてしまう恐れがある。

そこで、十津川は、加東肇の名前を使い、彼に紹介されたのだが、旅行のことで、ぜひ会って、お知恵を拝借したいことがあるというと、前田は、明日のお昼過ぎならば、時間が、取れるので、会ってもいい、という。

翌日、今度は、ひとりで、十津川は、約束した、西新宿の超高層ホテルのロビー

で、前田に、会うことにした。

十津川は、相手が前田清志であることを、確認した後で、初めて、警察手帳を示した。

前田は、やはり、十津川が思ったとおり、眉を寄せて、当惑の表情を作った。

「私は、何もしりませんよ」

いきなり、前田は、いった。

十津川は、苦笑して、

「まだ、何をきくとも、いっていないじゃありませんか？　実は、東京で武井要というゲームの神さまが、殺された事件を捜査しています。それから、富山では、四十歳前後の女性が殺されました。この女性は、間下麻樹と、思われます。こちらのほうは、富山県警との、合同捜査ですが、東京と富山で起きた二つの殺人事件について、間下姉妹が、関係している。それに、佐々木茂さんも、何らかの形で、関係しているのではないかと、われわれは、疑っています。『旅行タイムス』の編集長をやっている、佐々木茂さんのことは、前田さんは、よくご存じですよね？」

「いや、よくなんかしりませんよ」

冷たい口調で、前田が、いう。

「しかし、世田谷区の、松陰神社前駅近くのマンション、佐々木茂さんが、四カ月ほど住んでいたところですが、その前には、前田さん、あなたが、住んでいて、佐々木茂さんに、部屋を貸したというのか、自分の代わりに、佐々木さんを、住まわせたんじゃありませんか？　こちらにくる前に、調べてきたことなので、しらないとはいわせませんよ」

強い口調で、前田の顔を、見ながら、十津川が、いった。

「旅行が好きなので『旅行タイムス』の同人に、なっていますけど、編集長の佐々木さんから、都内のマンションを、借りたいのだがといわれて、ちょうど、引っ越そうと思っていたので、あの松陰神社前駅近くのマンションを、紹介したのですよ。それだけです」

「前田さんは、どこの生まれなのか、それを、教えてもらえませんか？」

十津川が、いうと、前田は、また不機嫌な顔になって、

「そんなことが、捜査の参考に、なるんですか？　まさか、警察は、私のことを、疑っているんじゃないでしょうね？」

十津川は、また苦笑して、

「いや、あなたのことを、疑ってなんていませんよ。第一、あなたについて、私は、

まだ、何もしりませんから。ただ、あまりしらない、しらないとばかり、おっしゃると、逆に、あなたのことを、怪しいと思ってしまいますよ。ですから、ぜひ、協力していただきたい。まず、前田さんが、どこの生まれなのか、それを、教えてくれませんか？」

いった後、十津川は、

「ひょっとして、前田さんは、福井県の生まれじゃありませんか？」

前田は、黙っている。

「こういうことは、調べれば、わかることですよ。正直に、話していただけなくて、こちらが、調べるとなると、否応《いやおう》なしに、あなたのことを、疑わざるを、得なくなりますよ」

十津川は、脅《おど》かした。

それでもまだ、前田は黙って、何か考えこんでいた。

「もう一度、おききしますが、福井の生まれじゃありませんか？」

重ねて、十津川が、きくと、前田は、いやいやをするように、

「そうですよ。福井の生まれですが、いけませんか」

「佐々木茂さんも、福井の生まれなのでは、ありませんか？　単なる、同人雑誌の編

集長と同人という関係ではなくて、二人とも、福井の生まれだということで、何かと、親しくしていた。違いますか？」

「佐々木さんが、何かの拍子《ひょうし》に、自分も、福井の出身だといったのは、覚えています。しかし、同じ福井の出身だというだけですよ。ほかには、共通点もありませんし、必要以上に、仲良くしていたわけでもありません」

前田は、用心深く、いった。

「それでは、あなたは、今、どこに、住んでいて、どんな仕事を、やっているのか、それを、教えていただけませんか？」

と、十津川が、いった。

「住所は、世田谷区の南烏山《みなみからすやま》、京王線の千歳《ちとせ》烏山駅の近くです。そこで、喫茶店をやっています。店の名前は『日本海』です」

「結婚は？」

「ええ、していますよ。子供はいません。呑気《のんき》に、喫茶店のマスターをやっているんですから、殺人事件とは、何の、関係もありません」

と、前田が、強調した。

「前田さんは、いつから、その『日本海』という喫茶店を、やっているんですか？」

「今の家内と、結婚してからですから、三年前になりますね」

「その店に、佐々木茂さんも、よく、遊びにきていたんじゃありませんか？」

「そうですね。二、三回は、見えたかもしれませんけど、それだけですよ」

と、前田が、いう。

十津川は、

「ちょっとトイレに、いってきます」

そういって、席を立った後、トイレのなかで、亀井に、携帯電話をかけた。

「今、前田清志に、会っているんだが、京王線の千歳烏山駅の近くで『日本海』という名前の喫茶店をやっている。すぐ、その店に、いって、確認してくれないか。もし、奥さんがいたら、佐々木茂が、店にきたことがないかどうか、それを、きいてもらいたいんだ」

電話のあと、十津川は、席に戻った。

「佐々木茂さんについて、おききしたい。どんな人ですか？」

「ですから、さっきもいったように、佐々木さんとは、それほど会ったことがなくて、あまりよく、しらないんですよ。同じ福井の出身だからといって、私が何もかもしっているわけがないじゃありませんか？」

今度は、怒ったような口調で、前田が、いった。

「しかし、あなたは四カ月前まで、世田谷区の松陰神社前駅近くのマンションを借りていて、そのマンションを、わざわざ佐々木さんに、譲ったわけでしょう？　それでも、そんなに、親しくないというのは、少しおかしいのでは、ありませんか？」

「しかし、本当に、親しくないんだから、仕方ないじゃありませんか？」

と、前田が、いう。

「福井の出身なら、一乗谷朝倉氏遺跡のことは、よくご存じですよね？　有名な、遺跡ですから」

「名前ぐらいは、しっていますが、いったことはありません。私は、歴史には興味がありませんから」

「高岡は、どうですか？　北陸本線の特急が停まる高岡駅ですが、いったことは、ありませんか？」

「特急に乗った時、高岡を通ったことはありますが、降りたことは、ありません」

「万葉線は、どうですか？　高岡駅から、万葉線という、大伴家持に関係のある電車が走っているのですが、乗ったことはありませんか？」

「ええ、ありませんね。万葉集については、ほとんど、しりませんから」

「その万葉線の越ノ潟に、昔、大庄屋だった、間下家という家があって、そこに間下姉妹がいて、美人姉妹として有名ですが、この姉妹については、ご存じありませんか?」

「いや、まったくしりませんね。今もいったように、高岡で、降りたことも、ありませんから。私は、たしかに、福井の生まれですが、二十歳を過ぎて、すぐに上京してしまっているので、そういうことは、あまりしらないのです」

「先日、亡くなった、ゲームの世界では有名な武井要さんという人が、いるのですが、この人のことはどうですか? ご存じありませんか?」

「名前ぐらいはしっていますが、私は、ゲームで、遊ぶのは、好きではありませんから」

「それなら『ゴーストサムライ』というゲームも、ご存じありませんね?」

「今、ゲームは嫌いだと、いったじゃありませんか? ああいう不健康なことは、嫌いなんです」

と、前田は、やたらに、嫌いを、連発した。

「最近、福井に、帰ったことはありませんか?」

「ありませんね。今の私は、福井県人というよりも、東京人です」

と、前田が、いった。

3

前田と別れて、十津川が、捜査本部に、戻ると、すぐ亀井から、電話が入った。

「今、京王線千歳烏山駅近くの、喫茶店『日本海』にきています」

「何かわかったかね？」

「店のなかに、棚があって、そこには、福井県に関係のある物が飾ってあるのですが、そのなかに、あのフィギュアも、ありましたよ。例の『ミスM』のフィギュアです」

と、亀井が、いった。

「そうか、あのフィギュアが、店に置いてあったか」

「それから、佐々木茂の、似顔絵を、前田の奥さんに見せたら、何回か、店にきているといっています」

「前田の奥さんは、福井県の生まれなのか？」

「いや、東京の、生まれだそうです。そのせいか『ミスM』のフィギュアのことを、きいても、佐々木茂の似顔絵を見せても、驚いたような表情にもならないで、さらっと、話してくれました」

「オーナーの前田清志だが、二十歳を過ぎてすぐに、上京した。福井には、ほとんど帰っていないと、いっているんだ。その点も、奥さんに、きいてみてくれ」

と、十津川が、いった。

亀井は、いったん電話を切り、十五、六分後に、再び、電話をかけてきた。

「前田清志が、二十歳を過ぎてすぐに、上京して、ほとんど、福井に帰っていないというのは、どうやら、嘘のようですね。奥さんの話によると、五年前に、たまたま、女友達と二人で、福井の一乗谷朝倉氏遺跡を見にいったんだそうです。そこで、たまたま、前田清志に、会ったといっています。その時、彼が、一乗谷や、ほかの福井の名所を案内をしてくれて、それがきっかけで、結婚したといっています。ですから、少なくとも、五年前には、前田清志は、福井にいたと、考えていいと思いますね」

と、亀井が、いう。

「もうひとつ、私が、しりたいのは、前田清志と佐々木茂の仲だ。たまたま、同じ福井の出身なので、二、三回は会ったことがあるが、そんなに、親しくしていたわけではないと、前田は、いっているんだ。どうも、その言葉に、信用が置けないのだが、その点も、前田の奥さんにきいてみてもらえないか？」

と、十津川が、いった。

その後、亀井は、電話をしてくる代わりに、捜査本部に、帰ってきて、十津川に直接報告した。

亀井はまず、喫茶店「日本海」で撮《と》った何枚かの写真を、十津川に見せた。

「これが、店にあった、例の『ミスM』のフィギュアです」

「たしかに、武井要のマンションにあったものと、同じフィギュアだね。ということは、前田清志は、武井要とも、親しかったのかもしれないな」

「佐々木茂の件ですが、どうやらこれは、本名では、ないみたいですね。佐々木茂が店に遊びにきていた時、前田清志が、彼のことを、朝倉さんと呼んだことがあると、奥さんは、いうんです。それで、佐々木茂が帰った後で、あの人の、本当の名前は、朝倉さんというのかときいたそうなんです」

「そうしたら、前田清志は、何と、答えたんだ？」

「朝倉などと、いった覚えはない。あの人は、佐々木茂さんだ。君のきき違いだろう。また、一乗谷の話をしていたので、朝倉さんと呼んでしまったのかも、しれないが、あの人は違うよと、いったそうです」

「なるほど」

「佐々木茂というのが、偽名で、本名が朝倉だとすると、少しばかり、面白いことになってきますね」

　と、亀井が、いった。

「佐々木茂というのは、ペンネームかもしれないな」

　と、十津川が、いった。

「ペンネームですか？」

「佐々木茂は、前に文芸雑誌の編集長をやっていたそうだ。だとすれば、佐々木茂というペンネームで、小説くらい書いていたとしてもおかしくはない。それなら、佐々木茂と名乗っていても、特別に、偽名を使っているという意識はないのかもしれないな」

「それを調べてみますよ」

　と、亀井が、いった。

　日本には、かなりの数の、同人雑誌がある。

　それを、根気よく調べていくと、一年前に廃刊になった『バベル』という同人雑誌の名前が浮かんできた。

次の日、十津川と亀井は、国会図書館にいって『バベル』という同人雑誌を調べてみることにした。

実物を見ると、かなり厚い、同人雑誌としては、お金のかかっている雑誌に、思えた。

編集責任者は、佐々木茂となっているが、発行所は、世田谷区南烏山の、前田清志がやっている喫茶店「日本海」になっていた。

月刊ではなく、季刊である。

春、夏、秋、冬と年間、四回の発行である。

そのなかの一冊に、タイトルが「興亡　朝倉氏一代」という小説があり、作者名は、佐々木茂となっていた。

その小説「興亡　朝倉氏一代」は、五十ページくらいの中編で、歴史好きの、若い大学生が福井にいき、一乗谷朝倉氏遺跡を見ているうちに、織田信長に滅ぼされた、朝倉氏のことを思い出すが、そこに、朝倉氏の末裔《まつえい》だという美女が現れる。そんなストーリィだった。

去年の春の号に載っている。その直後に『バベル』は、廃刊になっているのである。

十津川は、その小説の載った『バベル』をコピーして、亀井と千歳烏山にある喫茶店「日本海」に、いってみることにした。

店は開いていたが、オーナーの前田清志の姿は、見えなかった。奥さんの前田敬子《けいこ》は、店にいて、二人の刑事を笑顔で迎えた。

「主人は、今朝早く、ひとりで旅行に出かけましたわ」

と、いう。

「行き先は、どこですか？　わかりませんか？」

「何もいいませんでしたから、わかりません。二、三日は留守にする。それだけいって、出かけたんです」

「ご主人は、しょっちゅうひとりで、旅行に出かけるのですか？」

「ええ、主人は、旅行が、好きですから、こういうことは、よくあるんです。ですから、行き先も、ききませんでした」

と、敬子が、いった。

十津川は、持参した同人雑誌『バベル』のコピーを、敬子に、見せた。

「この同人雑誌ですが、発行所が、こちらの喫茶店に、なっているんですよ。ご存じでしたか？」

と、きくと、敬子は、笑って、

「ええ、しっていましたよ。それで、その同人雑誌が、時々、店の奥に積んであったんだと思います。主人にきいたら、置き場所がないというから、ウチの店に、置いてやっているだけだと、いっていました」

「この同人雑誌の編集責任者は、佐々木茂さんになっているんですよ。よく、この店で、編集会議などを、やっていたんじゃありませんか？」

「そういえば、時々、店が閉まってから、五、六人の人が、集まって、話をしていたことが、ありましたね。私は、お茶だけ出して、参加しませんでしたけど、その時には、佐々木茂さんも、いらっしゃっていましたよ」

「もちろん、ご主人の、前田さんも、参加されていたわけですよね？」

「ええ、参加しておりました」

「ご主人の、前田さんは、佐々木茂さんのことを、朝倉さんと、呼んでいたことがあるということですが、間違いありませんか？」

と、亀井が、きいた。

敬子は、笑って、

「後で、主人に、いわれました。あの時は、朝倉氏のことを、二人で話していたので、つい、朝倉さんと、いっただけだって。そういっていました」

「なるほどね」

と、十津川は、いったが、今も、佐々木茂が、本名かどうかは、わからずに、いるのである。

一年前まで『バベル』という同人雑誌をやっていて、その編集責任者だった時には、佐々木茂という名前に、なっているが、これは、作家としての、ペンネームだったらしい。

「もうひとつ、確認しておきたいのですが、あなたが、ご主人と、初めて会われたのは、東京ではなくて、福井県の、一乗谷で、そこで、初めて知り合ったと、いわれましたが、間違いありませんね？」

十津川が、念を、押した。

「間違いありませんわ。私が、五年前だったと、思うんですが、旅行好きの女友達と一緒に、福井に旅行したことがあるんです。その時に、たまたま、一乗谷朝倉氏遺跡にいったんです。そこに、たまたま、主人もいて、私たちが、福井にきたのは初めてだというと、僕が案内してあげるといって、次の日、一日中、つき合ってくれたのですす。その後、お互いに、連絡を取り合ったりして、結婚することに、なったんですけど」

と、敬子が、いった。

「五年前といわれましたが、もっと正確に、日時を特定できませんか？」

「たしか、今から、五年ちょっと前くらいかしら？」

「福井の、一乗谷朝倉氏遺跡を見にいった時に、たまたま、そこにきていたご主人に会った？」

「ええ」

「そうすると、ご主人は、その時に、福井に、いたわけですか？」

「ええ、あの頃は、福井に、住んでいたんだと思いますよ。自分は、地元の人間だから、いろいろと、しっているといって、私と友達を、一日中、案内してくれましたから」

「福井の、どのあたりに、住んでいたのか、わかりませんか？」

「それが、いくらきいても、教えてくれないんですよ。その後、携帯電話をかけ合ったりしていたんです。手紙を、出したいので、住所を、教えてくれといっても、なぜか、教えてくれませんでした。そのうちに、主人は東京に出てきて、それから、結婚しました。あの頃、主人が、福井の、どのあたりに住んでいたのかは、今もずっと、わからないままなんです。結婚した後も、教えて、くれませんから」

「あなたが、お友達と一緒に、一乗谷朝倉氏遺跡にいったのは、今から、五年と少し前、これでいいんですね？」

「ええ」

「そして、東京で、結婚された。この喫茶店を始められたのは、その後ですか？」

「ええ、そうです」

「店の棚のところに『ミスM』というフィギュアが、置かれていますね？　そのフィギュアは、どうしたんですか？　誰かが、くれたものですか？」

と、亀井が、きいた。

「わかりませんけど、ある日突然、主人が、持ってきて、そこに、飾ったのです」

「結婚された後、ご主人と一緒に、福井にいったことはありませんか？」

「結婚した後、主人と一緒に旅行したことは、ほとんどありませんわ。喫茶店の、仕事というのは、これで、なかなか忙しいんですよ。主人は時々、ひとりで、旅行にいっていますが、夫婦で、旅行にいってしまうと、店を臨時休業にしなければなりませんから」

「もうひとつ、この女性が、店にきたことは、ありませんか？」

十津川は、間下姉妹の写真を、敬子の前に、置いた。

「きれいな方たちですね」

「名前は、間下麻樹と、間下美樹といって、姉妹です。この店に、どちらかの女性が、遊びにきたことは、ありませんか？」

改めて、十津川が、きいた。

「私は、見たことがありませんけど、主人が、しっているかもしれませんね。主人が帰ってきたら、きいて、おきましょう」

と、敬子が、いった。

どうやら、敬子が、間下姉妹を、この店で見たことはないというのは、嘘では、ないようだった。

その時、店の電話が鳴った。

敬子がすぐ、受話器を取る。

「今、どこなの？」

と、敬子が、きく。

その受け答えからすると、どうやら相手は、夫の、前田清志らしい。

十津川が手真似《てまね》で、電話を代わってもらうよう合図を送ったが、敬子はすぐ、電話を切ってしまった。

「ご主人ですよね？」

と、十津川が、きく。

「ええ、そうです。刑事さんと、代わろうと思ったんですけど、急に、主人が、電話を切ってしまって」

「電話は、どこからでしたか？」

亀井が、きいた。

「主人は、今、福井にいる。急な用事ができたので、あと二、三日は、帰れないと、いっていました」

「急な用事ですか？」

「何の用事かは、わかりません。何も、いいませんでしたから」

と、敬子が、いった。

「福井の、どこにいるのかも、わかりませんか？」

「それも、いいませんでした」

「それでは、失礼して」

と、十津川は、慌《あわ》ただしく、亀井を促《うなが》して店を出た。

店の前に駐めておいたパトカーに、乗りこんでから、

「われわれもすぐ、福井にいこうじゃないか？」

十津川が、亀井に、いった。

4

その日のうちに、二人は福井に向かった。前と同じように、新幹線で、米原に出て、米原から特急「しらさぎ」に乗る。

福井駅に着いた時には、すでに、夜になっていた。

福井駅には、あらかじめ、連絡をしておいたので、富山県警の、小林警部が、二人を迎えにきてくれていた。

そのまま、福井駅前の、ホテルに入る。そのロビーで、十津川は、小林警部に、佐々木茂と、前田清志のことを話した。

小林警部は、ビックリしたような顔になって、

「事件の関係者として、二人も、新しい人物が出てきたのですか？」

「佐々木茂のほうは、本名ではないと思います。同人雑誌に、一乗谷のことを書いた

時に、使ったペンネームだと、思います」

「こちらでも、高岡駅近くの路地裏で、殺されていた女性は、間下麻樹に、間違いないのですが、いくら聞き込みをやっても、間下麻樹の所在は、判明しないのですよ」

と、小林が、いった。

「間下麻樹ですが、彼女が、なぜ、高岡駅近くの路地裏で殺されていたのか、わかりましたか？」

十津川が、きいた。

「それがですね、被害者は、間下麻樹に、間違いないのですが、いくら調べても、最近の彼女のことが、さっぱり、わからないのですよ。住所も、わからないし、どんな仕事をやっているのかも、わからない。それに、なぜ、高岡駅近くの路地裏で、殺されていたのかもわかりません」

と、小林が、いう。

「間下姉妹というのは、二人とも美人ですし、大庄屋の家の、生まれなんでしょう？それでも、消息が、つかめませんか？」

「われわれも、あちこちを、調べてみました。五年前の一年間、例の、大きな屋敷に、二人で、住んでいたことは、間違いないのですが、その後で突然、姉妹とも、姿を消してしまったのです。特に、姉の間下麻樹のほうは、消息が、まったくつかめなくて、突然、高岡駅の近くの路地裏で、殺されていました。今のところ、それしか、わかりません。不思議で、ならないのは、四十になる立派な大人ですし、あれだけの、美人ですからね。どうして、消息がつかめないのか、捜査会議でも、みんなが、不思議だといって、首をかしげているんですよ」

と、小林が、いった。

「消息が、つかめないということと、殺人事件との間には、何か、関係があるのかもしれませんね」

と、十津川が、いった。

五年前の一年間、武井要が、雨晴海岸の旅館に、滞在していて、姉の間下麻樹と、会っていた。

ところが、突然、武井要は、東京に、帰ってしまった。

小林警部の話によれば、今度は、間下麻樹が突然、消息を、絶ってしまって、先日、高岡駅の近くの路地裏で、殺されていたことになる。

そして、加東肇の、証言である。

五年前に一度だけ、彼は、見合いをしたことがあって、その相手は、間下麻樹と、自分の名前を、いっていた。

ところが、それは妹の美樹のほうだとわかった。

（そういうあやふやさが、今回の殺人事件の原因になっているのでは、ないだろうか？）

十津川は、考えてみる。

三人でコーヒーを頼み、それを飲んでいるうちに、十津川は、小林警部に、向かって、今、自分が、考えていることを、口に出した。

農水省人事課の、係長、加東肇の証言のことである。

「今のところ、今回の事件について、本当のことを、話していると、信頼が置けるのは、この、三十五歳の加東肇という男だけです。彼は、いろいろと、証言してくれていますが、嘘は、ついてはいないと、思いますね。彼は、五年前に一度だけ、見合いをした。その相手が、間下麻樹と、名乗っていたというのですが、姉妹の写真を、見せると、どうやら、その時に、加東肇が見合いをした相手は、間下麻樹ではなくて、妹の美樹で、あったと考えられます。もうひとつ、加東肇は、先日、一乗谷朝倉氏遺跡を見にいっていますが、そこで、五年前に、見合いをした女性と、偶然会ったというのです。その時、女性が見せた運転免許証には、朝倉麻樹とあったというのですが、検証すると、彼が会ったのは、妹の美樹のほうだったのです。これは、間違いないと、私は、思っています」

十津川が、いうと、小林警部は、首をかしげて、

「その加東肇という農水省の官僚ですが、その人は、五年前にも、妹の間下美樹のことを、姉の、間下麻樹だと思いこんで、見合いをしたことに、なりますね？」

「そうです。加東という男が、嘘をついているとは思えません。嘘をつく必要がありませんからね」

「それに、彼は、今回、一乗谷朝倉氏遺跡のところで、五年前に見合いした相手に会った。ところが、彼女の持っていた運転免許証には、朝倉麻樹とあった、これは、間違いじゃないんですか？」

「今もいったように、加東肇には、嘘をつかなければならない理由が、何もないのです。今回の事件に絡んで、信頼が、置けるのは、加東肇の、証言しかありません」

「そうすると、その運転免許証は、偽造だということに、なってきますね？」

「そうなんですよ。今回、加東肇が、一乗谷朝倉氏遺跡で、会ったのは、妹の、間下美樹ですからね。彼女が持っていたのが、自分の運転免許証なら、間下美樹ですが、それが、朝倉麻樹になっていたのですから、偽造としか、思えません。姉の麻樹が、

朝倉という男と結婚したあとで作った運転免許証ならば、朝倉麻樹に、なります。しかし、それを、妹の美樹が持っていて、みんなに見せたのか？　そこがわからなくなります」

と、十津川が、いった。

わからないことに、別に、失望したわけではなかった。

（その理由が、わかってくれば、自然に、二つの殺人事件の謎が、解けてくるだろう）

と、十津川は、思ったからである。

第五章　事件の裏側

1

十津川は亀井と、富山県高岡警察署に向かった。ここには、高岡駅の近くの路地裏で殺された間下麻樹殺人事件の、捜査本部が置かれている。

十津川は、そこで、富山県警と、今回の殺人事件捜査の、打ち合わせをするために訪ねていったのである。

十津川は、県警本部長に挨拶した後、富山県警の担当者、小林警部と話し合い、現在、ぶつかっている疑問を話してみたかったのである。

「今回の事件では、おかしなことが多すぎるような気がするのです。今、こちらで捜査している間下麻樹殺人事件ですが、殺された女性が、間下麻樹と、わかっているのに、どうして、突然、高岡駅の近くの路地裏で、殺されたのか？　犯人の動機もわからないし、それまで、彼女が、どこにいたのかも、わからないと、ききましたが」

　十津川が、いうと、小林警部は、うなずいて、

「今、われわれも必死になって、殺された、間下麻樹の足取りを追っているのですが、まったくわかりません。十津川さんがおっしゃったように、犯人像が、浮かんでこないし、動機も、わからないのです」

「一番参考になるのは、妹の、間下美樹の証言だと思うのですが、彼女は、見つかっているのですか？」

「いいえ、現在、そちらも、必死で捜していますが、まだ、見つかっていません」

「間下美樹ですが、五年前に、農水省の官僚の加東肇と、見合いをしています。その時には、彼女は、なぜかは、わかりませんが、自分の名前ではなくて、姉の名前、間下麻樹を、名乗っています。この見合いは、簡単に失敗していますが、その後、今年になってから、加東肇が、一乗谷朝倉氏遺跡にいった時に、偶然にも、彼女に再会しているのです。その時にも、間下美樹は、朝倉麻樹という名前の運転免許証を見せたり、一千万円の現金を取り出して、一乗谷朝倉氏遺跡を買いたいと、話したりしていたそうです。これも奇妙ですが、その後東京では、ゲームの神さまといわれていた武

井要が、六月七日に、殺されました。こちらも犯人はわかりませんし、動機も不明でしたが、いろいろと、調べていくと、五年前に、武井要は、雨晴海岸の、万葉館という旅館に一年近く滞在し、そこで、間下麻樹と思われる女性と会っていました。その後、突然、東京に帰ってきて『ミスM』というフィギュアを、作っていますが、それは明らかに、間下麻樹をモデルにしたフィギュアなのです。しかし、なぜ、その後五年も経って、突然、殺されてしまったのか？　それもわかりません。こうして事件全体を見渡していくと、何か、スッキリしないものを感じてしまうのです。なぜ、妹の間下美樹が、姉の名前を使って五年前に見合いをしたり、今年になってから、一乗谷朝倉氏遺跡を訪れて、この遺跡を買いたいなどという大きなことをいったのか？　どうして、六月七日に武井要が殺され、続いて六月の十五日に、間下麻樹が高岡駅近くの路地裏で、殺されたのか？　その理由は、まったくわかりません。しかし、そこに、何か大きな力のようなものが、働いているのではないかと考えざるを得ないのです。しかし、それが何なのかまったくつかめないのです」

「同感です」

と、小林が、いった。

「私も、今回の事件を、捜査していると、何といったらいいのか、手が届きそうで届かない、そんないらだちを感じるのです。殺された間下麻樹の足取りが、どうしてつかめないのか？　妹の間下美樹が、姉の間下麻樹を、名乗ったり、朝倉麻樹という名前の運転免許証を、持っていたりしているが、それが、いったい、何を、意味するのか、わかったようで、わからないのです。その上、事件に、どう関係してくるのかも、わかりません。何か、大事なもの、肝心《かんじん》なものが、われわれには、見えていないのではないか？　そんな気持ちに、現在、捜査本部全体が、陥《おちい》ってしまっています」

この会話で、十津川も小林警部も、それぞれの捜査に、穴が開いてしまっていることを、確認し合った。そんな感じだった。

ただ、その穴が、どんなものなのか、正体がつかめずにいるのである。

「おそらく、五年前に、今回の殺人事件に繋《つな》がってくるような、何かがあったんですよ」

と、十津川が、強い口調で、小林警部に、いった。小林も、すぐ、うなずいた。

「同感ですが、五年前にあったことを考えると、ゲームの神さまといわれた武井要が、雨晴海岸の万葉館という旅館に、ほぼ一年間滞在していて、そこで間下麻樹と、会っていた。それから、農水省の加東肇という、当時三十歳の官僚が、間下美樹と一回だけ、見合いをしたのですが、その時になぜか、間下美樹は、姉の名前、間下麻樹の名前を使っていたということの、二つぐらいですよ。いくら調べても、今回の殺人事件に、繋がってくるようなものは、見当たりません。それで、われわれは、いき詰まってしまっているのです」

「ひとつだけ、確認しておきたいのですが、五年前には、すでに、一乗谷朝倉氏遺跡は、発見されていましたよね？」

「発見は、昭和四十二年ですから、もちろん、すでに、発見されていました」

「実は、東京で『旅行タイムス』という同人雑誌の編集長をやっている、佐々木茂という男がいるのですが、その佐々木茂が『興亡　朝倉氏一代』というタイトルの小説を、別の同人雑誌に、書いているのです。この小説は、朝倉氏の興亡を書いています」

「佐々木茂ですか？」

急に、小林が、強い目になって、オウム返しに、いった。

「そうです。作者は佐々木茂で、『バベル』という同人雑誌に、発表した『興亡　朝倉氏一代』という小説ですが、これが、朝倉氏の興亡を描いているのです」

「ちょっと、待っていてください」

小林は立ちあがると、部屋の外に出ていって、どこかに、電話をかけているようだ

ったが、五、六分して、戻ってくると、

「これから、福井県立図書館にいってみませんか？」

「県立図書館に、何があるのですか？」

「たしか、十津川さんのおっしゃった佐々木茂という人の書いた本が、あるはずなんです。ちょうど五年前頃、見た記憶があるんですよ」

と、小林が、いった。

すぐ、三人で、パトカーに乗ると、福井市内の、福井県立図書館に向かった。

そこで、見せられたのは、箱入りの豪華本だった。金文字で『朝倉家の姫君たち』とあり、副題として「連綿《れんめん》と続く朝倉家の系譜」となっていた。

著者は、佐々木茂である。

奥付には、私家版非売品とあり、そこに、佐々木茂の略歴が、記《しる》されてあった。

福井大学の史学科を卒業し、現在は歴史研究家とある。

また、朝倉氏の重臣、佐々木徳右衛門《ささきとくえもん》の子孫とあった。

また、本の最初のページには、和服姿の朝倉麻樹（間下麻樹）の写真が載っていた。

さらに、次のページには、朝倉家の姫君が、代々伝えてきたという懐剣《かいけん》の写真が載っていた。朝倉家の家紋がついた懐剣で、越中政宗《えっちゅうまさむね》作の名品とある。

なぜ、間下麻樹が、朝倉麻樹と名乗っているのかの説明も、あった。

「間下家の長女が、第七代朝倉義景に見染められて側室となったが、織田信長に、攻め滅ぼされてしまった。その後、朝倉を名乗ることは、危険であると考え、仕方なく、以前の間下姓を、名乗ることにした。

したがって、朝倉家の系図を、見れば、現在の、間下麻樹さんが、朝倉の血を受け継いでいることは明らかで、彼女は間違いなく、朝倉麻樹である。

朝倉氏の遺跡が発見された今こそ、彼女は間下麻樹ではなく、正々堂々と朝倉麻樹を名乗るべきである」

本文に目を通すと、朝倉家の家系図が書かれ、朝倉氏が滅亡した後も、朝倉義景と結ばれた間下家の長女のほうの家系は延々と続き、現在の朝倉麻樹（間下麻樹）は、第二十九代目であると書かれてある。

奥付を見ると、五年前の七月十五日発行となっていた。

十津川は、この私家版『朝倉家の姫君たち』という本を借り出して、高岡警察署の捜査本部に、戻ることにした。

2

捜査本部に戻ってから、十津川は、改めて、この豪華本に、目を通した。

奥付を見ると、発行元は、朝倉家顕彰《けんしょう》委員会となっている。

「この本ですが、発行されたのは、五年前の七月十五日に、なっています。その時、たくさん、刷《す》られたのでしょうか？」

「いや、限定出版ということですから、多くても、せいぜい、百冊ぐらいではないかと思いますね。私も、その本が出たのはしっていましたが、手に、入りませんでした」

小林が、いった。

「発行元が、朝倉家顕彰委員会と、なっていますが、これは、どういう団体なんでしょうか？」

「私も、詳しいことはよくわからないのですが、たしか、朝倉義之《よしゆき》という、県議会の議長をしたことのある地元の名士が、一乗谷朝倉氏遺跡が発見されたのち、この際、名門朝倉家のことをいろいろと、明らかにしていこうじゃないかという、趣旨《しゅし》で作ったのが、朝倉家顕彰委員会だと、きいたことがあります」

「その会長の朝倉義之という人は、朝倉氏の子孫なんですか？」

「それはわかりません。本人は、そういっていたと、思うのですが、この時は、たしか、七十歳すぎで、すでに亡くなってしまっていますから、今から調べても、正確なことは、わからないと思いますが」

「そうすると、この、朝倉家顕彰委員会というのは、一乗谷朝倉氏遺跡が発見されたので、それに乗じて、織田信長に滅ぼされた朝倉氏を、何とかこの際、見直そうとして、この私家版『朝倉家の姫君たち』という本を限定出版した。つまり、そう、見ていいわけですか？」

「そうですね。それで、いいと思います」

「この本は、当時、福井県で反響を呼んだのでしょうか？」

十津川が、きくと、小林は、

「うーん」

と、唸《うな》ってから、

「今、それを考えているのですが、私個人の感じでは、正直なところ、あまり、評判にならなかったのではないかと、そんな気がして、仕方がありません。何しろ、せいぜい、百冊ぐらいしか、刷っていませんからそれほど多くの人の目には触《ふ》れていないでしょう。ただ、この本に、興味を持った人は、何人かはいると、思うのですよ。ですから、そういう人たちにとっては、別の意味があるのではないかと思いますね」

十津川は、しばらくだまって、本のページを繰《く》っていた。最後に、最初のページに載っている、朝倉麻樹（間下麻樹）の写真に目を戻した。

「今、こんなことを、考えたのですが、きいていただけますか？　少しばかり馬鹿げているかもしれませんが、それを、小林さんに判断していただきたい」

「どんなことでしょうか？　ぜひきかせてください」

「もしかすると、五年前、この本を使った大がかりな詐欺《さぎ》事件が発生したのではないでしょうか？」

と、十津川が、いった。

「五年前なら、私は、すでに、捜査一課に、在職していました。しかし、大がかりな詐欺事件があったというのは、きいていませんが」

小林が、首をかしげた。

「たぶん、その詐欺事件は、実際には、起きなかったんですよ」

「未遂《みすい》ということですか？」

「詐欺を計画した人物かグループがいて、事件が起きる寸前まで、話は、進んでいたんでしょう。しかし、何かの理由で、実際には、事件が起きなかったんですよ。ところが、埋もれてしまった詐欺計画が、五年後の今になって、奇妙な形で噴出してきた。それが、今年になってから起きている事件ではないかと、思っているのですが」

「ちょっと待ってください」

小林は、そういうと、また、部屋の外に出ていった。

五分経っても、十分経っても、今度は、なかなか、戻ってこなかった。

「どうしたんですかね？」

亀井が、きく。

「おそらく、捜査二課に連絡をして、五年前のことを、きいているんだろう」

と、十津川が、いった。

三十分近くかかってから、小林が、やっと部屋に、戻ってきた。

「今、福井県警捜査二課に電話をして、話をききました」

小林が、十津川に、いった。

「たしかに五年前、それらしい噂はあったそうです。一乗谷朝倉氏遺跡ですが、さらに、その下を掘ると、莫大《ばくだい》な埋蔵金が埋まっているという話があったり、一乗谷朝倉氏遺跡が世界遺産になる。ある程度の金を用意すれば、世界遺産に登録できるというような甘い話など、いろいろとあったそうですが、いずれも、噂だけで終わってしまった。捜査二課では、そう、いっています。ですから、十津川さんがいっていたように、詐欺計画のようなものは、たしかにあったんですよ、五年前に」

と、小林が、いった。

「やっぱり、あったんですね」

「それから、問題の本ですが、捜査二課の話によると、今いったような、埋蔵金の話とか、世界遺産に登録する話など、そういう時に必ず、この本が、その話のなかに、出てきたといっています。何でも、そこに写真の載っている二十九代目の子孫、朝倉麻樹こと、間下麻樹という美しい女性が、噂話を信用させるひとつの力になっていたことは、捜査二課でもわかっていた。だから、その動向には、それとなく気をつけていたとも、いっています」

「できれば、五年前の、そうした噂を、全部しりたいですね。それから、その噂に関係した人間を、もちろん、わかっているだけでも、構いませんから、名前が、しりたい。今、どうしているのかもです」

と、十津川が、いった。

3

この後、福井県警捜査二課の中田《なかだ》という警部にも、話に、加わってもらった。

中田は、今年五十歳。五年前の問題の噂を追いかけたという実績を、持っていた。

もちろん、小林警部にも、引き続いて参加してもらい、四人での話し合いになった。

まず、中田警部は、五年前に流れた噂を、いくつか、紹介した。

「まず第一は、埋蔵金ですね。朝倉家は、一乗谷に、居城を構え、京都から文化や有力者を受け入れて、繁栄を導《みちび》きました。当時は人口も一万人を超えて、大いに、賑《にぎ》わったといわれています。その時に蓄《たくわ》えた資産が、埋蔵金として、どこか、地下深くに、埋められているのではないか？　特に、朝倉家と織田家、織田信長との間に確執が生まれた後、将来に備えて、軍資金を隠したというのは、歴史的事実だと、今でも信じている人が、いましてね。その埋蔵金も、織田信長によって、一乗谷の町全体が、焼き滅ぼされてしまったために、地下深くに隠された埋蔵金は、四百年間も発見されずにすんだというのです。それを探して掘り出そうという話が、実際にあったんですよ。もちろん、学者の人たちには、そんな話はあり得ないと、簡単に否定されてしまいましたがね。これが第一の噂です」

「なるほど。それで、第二は？」

「第二は、一乗谷朝倉氏遺跡を世界遺産に登録するという話ですよ。四百年の沈黙を破って、一乗谷朝倉氏遺跡が、発見されました。これこそ、世界遺産に、ふさわしいのではないか？　宣伝に金を使えば、絶対に、世界遺産に登録されるはずだ。そういって呼びかける者が出てきましてね。宣伝とか、世界遺産委員会の接待などに莫大なお金を使えば、間違いなく、世界遺産に登録されて、世界中からたくさんの観光客が、やってくることになって、地元も、潤《うるお》うはずだ。そういう話でしたよ。どうやら、大規模な詐欺事件に発展しそうだったので、こちらとしても、注意していたのですが、いつの間にか立ち消えになってしまいましたね」

中田警部が、笑った。

「ほかにも、いろいろな噂があったわけでしょう？」

十津川が、促すと、中田は、うなずいて、

「ええ、いろいろと、ありましたよ。とにかく、四百年の眠りから醒《さ》めた、一乗谷朝倉氏遺跡ですからね。これをエサに、金儲《もう》けを企《たくら》む人間が、五年前には、ずいぶんといたんです。例えば、越前の朝倉氏は、織田信長によって、滅亡させられてしまいました。しかし、戦国時代の藩主というのは、何とかして、ひとりでも多く、子孫を、残そうとしますから、側室を何人も抱《かか》えていたんです。七代目の朝倉義景は、織田信長によって、殺されてしまいましたが、信長は、何人もいた、義景の側室の全員を殺すことはできなかった。だから、子孫は、必ずいるはずである。もし、子孫がいれば、あの一乗谷朝倉氏遺跡は、その人物のものではないか？　そういう話もありましてね。それで、その時その本が話題になったんです。その本には、巻頭に写真が載っているでしょう？　二十九代目朝倉麻樹こと、間下麻樹の写真ですよ。彼女こそが、朝倉氏の正当な子孫であると、書いてあるんですよ」

「ということは、この本は、信用されたんですか？」

「半々ですね。今もいったように、戦国時代の大名は、子孫を残すために、ひとりの藩主が、何人もの側室を、抱えていましたから、どこかに、子孫が生きているかもしれない。でも、戦国時代については、そのすべてを調べることはできませんからね。だから、朝倉麻樹こと、間下麻樹が、本当に朝倉氏二十九代目の子孫かどうかは、今となっては、調べたくても調べようがないわけですよ。その上、写真を見ると、いかにも美しく気品があるので、あの噂話にとっては、ひとつの切り札になっていたと思われます」

「法律的には、どうなんですか？　もし、この間下麻樹、いや、朝倉麻樹ですか、彼女が、本当に朝倉氏の子孫だったとすれば、あの一乗谷朝倉氏遺跡は、彼女のものに、なるんですか？」

「法律的なことは、私にはわかりません。ただ、訴訟を起こせば問題にはなるだろうとは、いわれていましたね。とにかく、四百年の間、越前の朝倉氏は、滅亡したものとされて、まったく、問題になっていなかったんですから」

「ほかにも、何かあったんですか？」

亀井が、遠慮がちに、きいた。

「今お話しした三つの話にも、関係してくるのですが、アメリカに、ハッピークラブという団体がありましてね。それが、問題になりました」

「ハッピークラブ？　それは、何ですか？」

「一口でいえば、いわゆる出資者の集まりですよ。アメリカのニューヨークに本部のあるハッピークラブというファンドがあって、その総資産は、二百億ドルだというのですが、そのファンドが、日本にも食指を伸ばして、何か儲かる事業はないか？　もし、そういうものがあれば、出資するといって、出資先を探しているというんです。

そのハッピークラブが朝倉家の埋蔵金探しに協力するとか、一乗谷朝倉氏遺跡を買い取る計画があるとか、さまざまな形で、出資話が広まっていたんですよ。どれもこれも、もっともらしい話でしてね。そんな話に、甘いものに蟻《あり》がたかるように、金が欲しい連中が、たくさん、集まってきたんです。ところが、なぜか、いつの間にか立ち消えになってしまいました」

「それが、五年前なのですね？」

十津川が、念を押した。

「そうです」

「これが、五年前にあった詐欺計画の芽みたいなものなのですね？」

十津川が、もう一度、念を押した。

「なかなか楽しくて、その上、金儲けになる。あるいは、名誉が得られるのではないか？　そんなことで、かなり話題になったんですが、いずれも、立ち消えになってしまいました。たぶん、話自体に無理があったんじゃないですかね？」

と、中田警部が、いう。

「五年後の現在、この本の最初のページを飾っている、朝倉麻樹こと、間下麻樹ですが、六月十五日に、高岡駅の近くの路地裏で、何者かに、殺された。また、五年前に、彼女と会っていた武井要という、ゲームの世界では神さまといわれていた男が、今年の六月七日に、東京で殺されました。私から見ると、五年前に、中田警部が話された朝倉家を舞台にしたというか、一乗谷朝倉氏遺跡を舞台にした詐欺計画、実際には起きなかったが、その後五年間、埋もれていたものが、今になって噴出してきて、殺人事件に、発展したのではないかと、そんなふうに、感じるのですが、どう思われますか？」

十津川が、中田に、きいた。

「私は、捜査二課の人間ですから、殺人事件については、門外漢です。ひとつだけいえることがあるとすれば、そこにある本ですね。『朝倉家の姫君たち』と題された、その豪華本が、こうしたさまざまな話に、何らかの影響を与えていることは、まず、間違いないと思うのです。今でも、その本に、書かれていることは、事実と思っている人が何人もいるんですよ。最初のページに、載っている朝倉麻樹こと、間下麻樹の写真ですが、本当に、その女性が、朝倉氏二十九代目の姫君ではないか？　写真を見れば、それにふさわしい美しさと気品があると、賛美する人が、何人もいますからね」

中田の話に続けて、小林が、口を開いた。

「朝倉麻樹こと、間下麻樹は、六月の十五日に、何者かによって、高岡駅の近くの路地裏で殺され、今までずっと、捜査を続けているのですが、犯人もわからず、その上、彼女の足取りが、どうしても追い切れないのですよ。それまで、どこにいて、何をやっていたのか？　それが、まったくわかりません。それを一番しっているのは、妹の間下美樹だと思うのですが、彼女も、ここにきて行方が、わからなくなっています。十津川警部にも申しあげたのですが、捜査を続けようとすると、目の前に、大きな穴があって、どうやって、埋めたらいいのか、まったくわかりませんでした。それがですね、今ここで、福井県警の捜査二課の、中田警部の話をきいていて、目の前の穴が、やっと、埋まっていくような感じを受けています。明らかに五年前の詐欺計画、その詐欺計画が、実現せずに埋もれてしまったことが、五年後の今日、高岡と東京で起きた殺人事件に、繋がっているのではないかと、思うようになりました。ただ、二つの殺人事件が、どこで、どう関係しているのかは、まだわかりません」

4

翌日、高岡警察署で捜査会議が開かれ、それには、十津川と亀井も出席した。

殺人事件の捜査会議ではあるが、福井県警捜査二課の、中田警部も参加した。

中田警部は、捜査本部長に向かって、五年前の詐欺計画がどんなものだったか、それが、すべて実現せずに、いつの間にか消え去り、忘れ去られてしまったことを説明した。

「警視庁の十津川警部は、この五年前の詐欺計画が消えてしまったことが、五年後の今になって、殺人事件に発展したのではないかと推測しておられます。捜査二課の私には、十津川警部の推測が、果たして正しいかどうかは、わかりません。ただ、ここにある豪華本『朝倉家の姫君たち』と題した一冊の本が、今も一部の人たちから、信じられていることだけは、間違いありません」

「しかしだね」

と、本部長が、口を挟《はさ》んだ。

「五年前の詐欺計画と、今回の殺人事件とが、どう結びつくのか、またそれを証明できるのかね？」

「問題は、五年前に、いくつかの詐欺計画のタネがあったということです。それが、どうして、現実化しなかったのか？　なぜ、埋もれてしまったのか？　それがわからないと、五年後に、どうして、殺人事件に発展したのかもわかってきません」

と、小林が、いった。

「その点だが、中田警部には、何か、わかるんじゃないのかね?」

本部長が、いった。

「そうですね。今から、考えると、不思議で仕方がないことがあります」

と、中田が、いった。

「いったい、何が不思議なのかね?」

本部長が、きく。

「朝倉家の埋蔵金の話とか、一乗谷朝倉氏遺跡を、世界遺産にする話、あるいは、アメリカのニューヨークに本部のあるハッピークラブという巨大な出資ファンドが、一乗谷朝倉氏遺跡を買い取る話だとか、その時に出た話は、いずれも、大金が儲かるような話ばかりなんですよ。つまり、誰もが乗ってきそうな話なんです。逆にいえば、詐欺師にとっては、利用しやすい話ばかりなんですよ。その上、その本の写真にある朝倉麻樹こと、間下麻樹のことは、朝倉氏二十九代目の子孫だと、いまだに、信じている人がいるくらいですから。彼女を利用した詐欺が起きても、決しておかしくはなかったんです。ところが、なぜか実現しませんでした。私は、いまだに不思議で仕方がないのです」

「捜査二課も、詐欺計画が立ち消えになった理由がわからないのか？」

不機嫌な顔になった本部長が、厳しい口調で、いった。

「残念ながら、わかりません」

「しかし、わからないというのでは、今年になって発生した、二つの殺人事件の解決も難しいのではないのかね？」

「福井に、地元の新聞があります。『福日《ふくにち》新報』というタブロイド版の新聞で、発行部数は、三万部です」

「『福日新報』は、よくしっているよ。それが、どうしたのかね？」

「五年前の、今申しあげた、さまざまな金儲けの話を、最初に取りあげたのが、地元の『福日新報』なんです。朝倉家の埋蔵金問題、世界遺産問題、それからアメリカのファンドが、一乗谷朝倉氏遺跡を買い取る話、そうしたものを、最初に取りあげたのが『福日新報』で、大新聞は、いっさい、取りあげませんでした。それで、私は、逆に、これらの話は、実現するのではないか？　もし、これが詐欺だったら、大きな危険になると、思っていたのです。ところが『福日新報』は、突然、その報道を、打ち切ってしまったのです。そのあと、急に、詐欺計画は消えてしまいました。今、本部長がいわれた、なぜ、詐欺計画が立ち消えになったのかという、そのあたりの事情を、一番よくしっているのは『福日新報』ではないかと思います」

「それなら、すぐ『福日新報』にいって、記者に当たってみろ」

本部長は、小林と中田の二人に、いい、そのあと、十津川に目を向けて、

「十津川警部も、二人と一緒にいきますか?」

「いや、それは、こちらの、お二人にお任せします。私は、調べなければならないことが、できましたので、これからすぐ、東京に帰ることにします」

と、十津川は、いった。

5

十津川と亀井は、その日のうちに、東京に舞い戻った。

帰京した二人が、最初に訪ねたのは所在が判明した『旅行タイムス』の編集長、佐々木茂である。

十津川は、前もって、訪問を伝える電話をかけなかった。電話をかけると、逃げられてしまう恐れがあると、思ったからである。

今まで、十津川がしっていた佐々木茂は、旅行好きの人たちが集まって作った、同

人雑誌『旅行タイムス』の編集長をやっていた。今年になってから、会員のひとりである農水省の加東肇に、次号の『旅行タイムス』の特集では、越前地方を、取りあげたいと思うので、福井県にある一乗谷朝倉氏遺跡を取材してきてほしいと頼んでいる。

加東肇が、取材にいき、ある意味、そのことから、事件が始まったといってもいい、そんな感じの、佐々木茂だった。

佐々木茂とは、彼の住むマンションで会った。

「佐々木さんは、どちらのお生まれですか？」

会うなり、十津川が、きいた。

佐々木は、突然、二人の刑事が、訪ねてきたことに、戸惑《とまど》いの色を見せて、

「私は、東京の生まれですが」

「東京の生まれで『旅行タイムス』の編集長をやられているわけですか？」

「東京の人間だと、何となく、故郷がないような気がしてくるんですよ。それで、旅行が好きになりましてね。皆さんの要望にお応《こた》えして『旅行タイムス』という雑誌の編集長を、やらせてもらっています」

「実は、私たちは、福井からの帰りなんですよ」

十津川が、いったが、それでも、佐々木の顔色は、変わらなかった。

「向こうで、佐々木さんのことを、きいてみたら、こんな返事が、返ってきました。佐々木さんは、福井大学の史学科を、卒業された、旅行の、というよりも、歴史の専門家だと、教えられたんですよ」

十津川は、間を置いてから、

「佐々木さんが、東京の生まれだというのは、本当ですか？　ひょっとすると、間違いじゃありませんか？」

一瞬、佐々木は、目を逸《そ》らしたが、こんないいわけをした。

「私は、本籍こそ、福井県ですが、東京の生活が一番長いんですよ。たしかに刑事さんのおっしゃったように、福井大学を卒業したことは、間違いありません。卒業してから、一年間だけ向こうにいて、福井の歴史を勉強しました。つまり、そういうことですよ」

「卒業後も、福井に、一年間いたとすれば、一乗谷朝倉氏遺跡のことには、もちろん関心を、お持ちですよね？　関心をお持ちだからこそ、会員の加東肇さんに頼んで、一乗谷朝倉氏遺跡を、取材してもらった。そういうことですよね？」

「たしかに、加東さんには、一乗谷に取材にいってもらいました。加東さんも旅行が好きだし、それに、歴史にも、興味を持っているので、喜んでいってくれましたよ。それが、どうかしたんですか？　何か問題でもあるんですか？」

「五年前、あなたは、織田信長に攻め滅ぼされた朝倉氏のことを書いた本を、出しておられますよね？　題名は『朝倉家の姫君たち』副題は『連綿と続く朝倉家の系譜』です。ですから、わざわざ、加東さんに取材にいってもらわなくても、一乗谷と朝倉氏のことについては、詳《くわ》しいんじゃありませんか？」

「いや、そんなことは、ありませんよ。たしかに、一乗谷朝倉氏遺跡については、興味がありますが、最近になって興味を持っただけで」

佐々木が、いいかけた時、亀井が横から、問題の本を取り出し、ポンと、彼の前に置いた。

「五年前、あなたは、この本を書いた。五年前の七月十五日の発行で、発行元は、朝倉家顕彰委員会。歴史家のあなたが、朝倉麻樹こと、間下麻樹を、二十九代目の朝倉氏の子孫だと主張した本ですよ。最初のページに、和服姿の朝倉麻樹の写真が載っています」

亀井が、いうと、佐々木は、少しばかり蒼《あお》ざめた顔になって、

「名前はたしかに、佐々木茂と、なっていますが、同名異人ですよ。私は、朝倉家に

ついては、詳しいわけではありませんから、こんな本は、書けませんよ」

　十津川は、笑った。

「どうして、そんな見えすいた嘘をつくんですか？　向こうにいった時、念のために、あなたの写真を、見せて、確認してもらったんですよ。間違いなく、この本の著者は、あなただと、いっていました。それでも、違うというのなら、あなたを福井に、連れていって、面通しをさせますよ」

「わかりましたよ」

　佐々木は、急に、開き直った口調に、なった。

「たしかに五年前、私は、この本を書きましたよ。戦国時代、間下家という大庄屋がいて、その家の息女《そくじょ》が、第七代朝倉義景の側室になった。これは、紛《まぎ》れもない、事実なんですよ。その子孫が朝倉家の血を引いているのではないか？　私は、そう考えて、その本を、書いたわけです。別に、悪いことをしたわけじゃない。ただ、歴史的に正しいかどうかといわれると、困りますがね。ある意味、歴史は、ロマンなんですから、間違っていたとしても、それはそれで、いいじゃありませんか？」

「それなら、どうして、これは自分が書いたものではないと、嘘を、ついたんですか？」

十津川が、佐々木を睨んだ。

「いきなりきかれたからですよ。それに、十津川さんも、そちらにいらっしゃる亀井さんも、警視庁の刑事さんじゃ、ありませんか？　お二人は、今も、殺人事件の捜査をされていらっしゃるのでしょう？　そんな方たちが、いきなりやってきて、五年前にこの本を書いたのは、お前じゃないかと、いわれれば、とっさに、違いますと、いっちゃいますよ。自分が書いたといったら、何をいわれるかわかりませんからね。まさか、十津川さんは、私が、五年前にその本を書いたから、今年になって起きた、殺人事件の犯人だというんじゃないでしょうね？」

「しかし、書いたことは、間違いありませんね？」

十津川は、しつこく念を押した。

「わかりましたよ」

と、佐々木は、開き直った口調で、いった。

「たしかに、その本は、五年前に、私が書いたものですよ。しかし、その本の、どこが悪いんですか？　私は、歴史的に見て、朝倉家の子孫が、今も、どこかで生きているのではないかと確信したからこそ、その本を、書いたし、朝倉麻樹こと、間下麻樹が朝倉氏二十九代目の子孫であると、思ったからこそ、写真を、第一ページに飾ったのです」

佐々木の答えに、十津川は、苦笑した。

「あなたが、この本を書いた五年前ですがね、福井では、大金を狙った詐欺事件が起きかねない空気だったそうですよ。もちろん、そのことは、あなたも、しっているでしょうね。その頃は、すでに、一乗谷朝倉氏遺跡が、発見されていました。そのため、朝倉家の埋蔵金が話題になったり、現在、朝倉氏の子孫が生きていたら、あの遺跡は、その子孫のものではないのかという話が出ました。他にもあの遺跡を世界遺産に、登録しようという話もあり、そのためには、宣伝が必要だとか世界遺産委員会の委員をもてなすための接待費がいるとか、そんな話も出ていたといいます。また、アメリカのニューヨークに本部を置くハッピークラブという巨大ファンドがあって、あの遺跡を買い取るという話も、ありました。つまり、やたらに儲け話が出ていて、それにあなたが書いたこの本が、うまく、利用されたのですよ。今でも、この本に、書かれたこと、朝倉氏二十九代目の子孫が生きていて、それが、美しい朝倉家の、姫君の間下麻樹であるという、この本に書かれてあることを、今でも、信じている人がいるそうですからね。間違いなく金儲け話に、この本が一役買っていたんですよ。つまり、あなたは、金儲け話というか、詐欺計画に一役買っていた。どうですか、その点は？」

十津川が、きいた。

「とんでもない。そんなものに、加担したことは、ありませんよ。この本は、純粋に、私の、歴史的な関心と、知識で書いたものですから」

「それなら、どうして、加東肇さんに、わざわざ、一乗谷朝倉氏遺跡を取材にいかせたのですか？　あなたは、加東さんにそんなことを頼まなくても、大変詳しく、朝倉家について、しっていると、おっしゃったじゃありませんか？」

「五年前のことはしっていますけど、最近のことは何も、しりませんからね」

佐々木は、同じ言葉を繰り返した。

「それも嘘ですね。一乗谷朝倉氏遺跡には事務所があって、そこには、今年になって、訪ねてきた人たちの名前の書かれたノートが、置いてあるんですよ。そこに、あなたの名前が、ありました。いや、佐々木茂という名前ではなくて、まったく別の、偽名でしたがね。そこにいた、案内係の女性たちは、あなたの顔を、しっていて、今年になって二回も、あなたが訪ねてきたと、証言しているんです。それも、否定しますか？　否定されるのなら、あなたを連れて一乗谷にいって、面通しをさせますよ」

十津川が、また、脅かした。

「わかりましたよ。たしかにいきました。しかし、あそこにいくことが、法律に触れるんですか？」

さらに、佐々木が、開き直ってくる。

「もうひとつ、この本は、発行元が、朝倉家顕彰委員会となっていて、会長の名前は、朝倉義之となっています。この人は、すでに亡くなっていると、ききました。あなたは、この委員会に入っていたんじゃありませんか？」

十津川が、きくと、佐々木は、今度は、すぐには否定しなかった。下を向いたまま、じっと黙っている。

「入っていましたね？　これも、調べればすぐに、わかるんですよ」

「もう、とっくに調べてあるんじゃないですか？」

「ええ、調べましたよ。向こうにいる時に調べました」

「それなら、いまさら、きく必要は、ないでしょう。ええ、私も、委員会に入っていますよ。当然でしょう、その本を、書いたんですから」

「福井県警で調べてもらったら、会長の朝倉義之という人は、あくまでも飾り物で、この顕彰委員会で実権を握っていたのは、佐々木茂さん、あなただということが、わかったんですが、これも否定しませんよね？」

「実権を握っていたというのは、どうかと、思いますが、何しろ、会長の朝倉さんが、亡くなられたので、私たちがいろいろと働いていたのは、間違いありませんよ」

「この本が出た前後ですが、この委員会で、何回か、会合が開かれて、議論が紛糾《ふんきゅう》した。そういう話を会員のひとりからきいたんですが、どういうことで、議論が紛糾したのか、あなたの口からきかせてもらえませんか？」

と、十津川が、いった。

また、佐々木の顔が、歪《ゆが》んだ。

「それももうきいたんでしょう？」

「ええ、ききましたよ。しかし、あなたの口から、直接ききたいのです」

「もう忘れました」

佐々木が、いう。

十津川は、また苦笑した。

「亡くなった会長の朝倉義之さんは、朝倉家顕彰委員会を、その名称どおり、朝倉家の史実だけを考える会にしたい。そう考えていたところ、あなたを含めた、何人かが異論を唱《とな》えた。その頃は、朝倉家の埋蔵金の話とか、世界遺産に登録する話とか、いろいろとあったので、この本は、金儲けに利用できる。大きな会にできるチャンスといったそうですね？　また、あなたは、ゆくゆくは、朝倉家のことはすべて、顕彰委員会が、把握《はあく》していくようにしたいと、強く主張したそうじゃないですか？　つまり、出資話も、世界遺産の話も、埋蔵金の話も、朝倉家顕彰委員会が、独占的に関わっていく。そうすることによって、組織に金も入ってくるし、福井県では唯一《ゆいいつ》、朝倉家のことを、本にもできるし、DVDにもできる。独占権を、手に入れたい。あなたは、そう主張したそうですね？　このことも、何人かの、委員会の元委員にきいていますが、これも本当でしょうね？」

「刑事さんは、私に、何を、いわせたいのですか？」

佐々木が、顔を赤くした。

「いいですか、あなたは今、実に微妙な立場に、置かれているんですよ。そのことを、よく考えてください。五年前、今いった、いくつかの詐欺計画が生まれようとしていた。そのなかに、あなたが、いたことは間違いないのですよ。あなたは、朝倉家顕彰委員会を利用して、金儲けを企んだ。そのために、朝倉家の埋蔵金とか、世界遺産に登録する話とか、ハッピークラブというファンドが買い取る話があるとか、そういう話を、利用して、金儲けを、考えたんです。しかし、なぜか、それが立ち消えに、なってしまった。と思ったら、五年後の今になって、この本の最初のページに朝倉麻樹こと、間下麻樹の写真が載っていますが、彼女が、突然、高岡駅近くの路地裏で、殺されました。それに先立って、彼女と五年前に親しくしていたゲームの神さま、武井要が、東京で、殺されました。つまり、あなたと関係のある人間二人が、相次いで、殺されたんですよ。ということは、あなたが、現在、最も、容疑の濃い人物なんです。本当のことを話していただかないと、あなたを、東京と富山の二つの殺人事件の容疑者として、逮捕しなければ、ならなくなる。これは、別に、脅かしでいっているんじゃありませんよ。その動機はすべて、今から五年前に、あった。どうですか、本当のことを、話してもらえますか？」

「本当のことって、何を、話せばいいんですか？」

「今いったように、あなたは、五年前、この本を書き、朝倉麻樹こと、間下麻樹が、二十九代目の朝倉氏の子孫だと、主張しました。この本を巧《たく》みに利用して、金儲けを企んだ。それがどうして、寸前になって実行されなかったのか？　なぜ、立ち消えになってしまったのか？　その理由を話してくれれば、いいんですよ。それを正直に話してもらえないと、富山と東京の二つの殺人事件について、逮捕状を請求して、あなたを、逮捕しなければならない」

十津川が、決めつけると、佐々木は、しばらく考えていたが、

「正直に話したら、私が逮捕されることはないわけですか？」

「本当に、正直に話してくれるかどうかに、かかっています。われわれは、富山県警と合同捜査をしているので、あなたが、われわれを騙《だま》そうとしても、すぐわかりますよ」

十津川は、重ねて釘を刺した。

佐々木は、迷っているように見えた。どういったら、自分に有利になるか、不利になるかを、考えている顔だった。

「あなたは、この本を書いて、間下麻樹を持ちあげた。つまり、彼女に対して、強い影響力を持っていたことになる。その間下麻樹が、あなたのいうことをきかなくなった。それに腹を立てて、彼女を呼び出し高岡駅の近くの路地裏で、殺したのかもしれない。そういう疑いが、かかっているんですよ」

と、脅かした。

それでやっと、佐々木茂は、口を開いた。

「四百年の眠りから醒めた一乗谷朝倉氏遺跡は、金儲けの絶好のタネに、見えたんですよ。ところが、私だけではなくて、他の人間にも同じように見えた。それが問題だったんです」

第六章　群《むら》がる蟻《あり》

1

「あなたと、誰とが、組んでいたのですか？　喫茶店『日本海』のオーナーの前田清志さんじゃないんですか？」

十津川が、きいた。

佐々木は、覚悟を決めたようにうなずいてから、

「ええ、たしかに、前田とは福井のほうで、一緒にいろいろとやっていましたよ。旅行ブームだったし、一乗谷朝倉氏遺跡を世界遺産に推薦しようという話もあったし、それに金を出そうというアメリカのファンドの話もありましたしね。うまくやれば、間違いなく、大きな金儲けのタネになると考えていたんです。一番うまく利用でき

るものに、私が書いた『朝倉家の姫君たち』という本があったし、本に載せた、朝倉麻樹こと、間下麻樹の写真もありましたからね。間下家というのは、間違いなく、戦国時代からの大庄屋でしたし、朝倉氏と関係があったことは、間違いないんです。彼女が、その二十九代目の子孫といったって、誰もが怪しまない。間違いだと、証明することだって、難しいんですから。それに、地元のテレビ福井ですけどね。朝倉氏二十九代目の姫君として、彼女が、取りあげられたこともあったんですよ。アメリカの巨大なファンド、ハッピークラブというんですが、その日本支部が、この話、つまり、一乗谷朝倉氏遺跡と、朝倉氏二十九代目の子孫、朝倉麻樹、本名は、間下麻樹ですけどね、それらを、セットにして、全部で二百億円で、買うような話もあったんです」

「どうして、それが、駄目になってしまったんですか？」

「儲け話になると、われわれ以外にも、虎視眈々《こしたんたん》と狙っている奴が、たくさん出てくるんですよ。一乗谷朝倉氏遺跡が、世界遺産登録の、話題になるとすぐ、そういう連中が、出てきました。しかし、出おくれて、われわれに、勝てそうにもないとなると、今度は逆に、われわれの話を、潰しにかかってきたんです。郷土史家を使ったり、インターネットを利用したりして、猛烈な攻撃を、仕掛けてきましてね。われわれもワルだから、そのくらいのことは、平気なんですが、何しろ、彼女のほうは、文字どおりの、お姫様ですからね。美人で頭もいいし、性格も素直ですからね。それだけに、根も葉もない噂とか、えげつない攻撃には、弱いんです。そのうちに、地元新聞の『福日新報』までが、彼女が、朝倉氏二十九代目の子孫というのは、嘘なのではないのか？『朝倉家の姫君たち』という、いかにも、史実と思われるようなことが、書かれている本も調べてみたら、その内容はでたらめだったと書いたり、突然、ライバルが間下麻樹を強引に連れ出して、ホテルに缶詰めにして、攻撃を始めたんです。私や前田が、気づいて、何とか彼女を取り返したんですが、彼女のほうは、すっかり、参ってしまいましてね。そのうちに、とうとう、心の病気になってしまったんですよ。こうなると、彼女を前面に押し出して、宣伝することが、不可能になってしまいましてね。それで、計画していたことが全部、駄目になってしまったんです」

佐々木が、口惜《くや》しそうにいった。

「あなたの計画のなかには、間下麻樹と、若い官僚との、見合い話も、あったんじゃないですか？」

十津川が、きいた。

「ご存じだったんですか？」

と、佐々木がきく。

十津川は、笑って、

「ええ、しっていましたよ。今回の事件の始まりだったといってもいいんですよ。それを、あなたの口から話していただけませんか？」

「今もいったように、私たちは、彼女を、朝倉氏の二十九代目の、子孫として、大々的に売り出し、それを金儲けに繋げようと計画を立てていたんです。そのうちのひとつとして、東京の農水省職員、若い官僚との見合い話も、計画したんです。依頼したのは、日本の官僚機構に詳しい政治評論家です。福井では、先生と呼ばれていましてね。その先生によれば、あまり大げさな話になると、嘘臭くなるから、若い女性が、将来性のある若い官僚と見合いをするという話が、持ちあがった。その線でいこうと、いいましてね。それで選んだのが、加東肇という若い官僚でしてね。ところが、いよいよ、見合いということになったら、肝心《かんじん》の間下麻樹が、病気にかかってしまったんですよ。そんな彼女に、見合いを、強行させたら、すべてがぶち壊しになってしまいますよ」

「それで、妹の間下美樹を、身代わりにしたというわけですね？」

「ええ、そうです。姉妹だから、顔は似ているし、二人とも美しい。それで、妹の間下美樹に、姉の間下麻樹として、見合いをしてくれと頼みました。もちろん、すぐ、この見合いは、うまくいかなかったことにして、止めてしまう。そういうことに、したんです。こちらから頼んだ政治評論家も、沈黙していますから、この話は、もう人の口から出ることはないだろうと、われわれは、考えていたんです」

「五年前、間下麻樹は、ゲームの神さまとして有名になっていた武井要と、つき合っていたわけでしょう？」

「私や前田は、その頃、間下麻樹が、雨晴海岸にいる武井要と、つき合うことには、最初は反対でした。何しろ、彼女は、金儲けの切り札ですからね。しかし、あまり彼女を束縛《そくばく》すると、われわれの計画に、したがわなくなってしまうかもしれない。そんな危惧《きぐ》もあったので、仕方なく、つき合うことを、大目に見ていたんです。それに、武井要が、有名なゲームの作者であることは、しっていましたからね。それで、武井要がですね、間下麻樹を主人公にして、朝倉家の悲劇といったようなゲームを、作ってくれたら、それはそれで、宣伝に使えるだろうと、思ったからです。ところが、間下麻樹が、武井要と会っている最中に、今申しあげたように、病気になってしまった。これでは、彼女をゲームの作者などに会わせるわけにはいかない。そう考えて、彼女を、閉じ込めてしまったのです。もちろん、彼女が、どこにいるのかは、誰にも、しらせませんでした。そのうちに、武井要は、諦めたのでしょうか、東京に帰ってしまいました。これでひとつだけ、問題が片づいたと、われわれは考えていたのです。ところが、困ったことに、東京で、武井要が、殺されてしまったのです」

と、佐々木が、いった。

2

十津川は、じっと、佐々木の顔を見つめた。

「われわれは、あなたや、前田清志さん、そして、前田さんの奥さんの三人が、共謀して、武井要を殺したのではないか？　そういう疑いを、持っているんですがね」

「とんでもない。私や前田が、どうして、武井要のことを殺さなくてはいけないんですか？　そんなこと、必要ないじゃありませんか？」

「どうして、殺すはずが、ないんですか？」

「だって、私や前田は、一乗谷朝倉氏遺跡に引っかけて、間下麻樹を朝倉氏二十九代目の子孫として売り出そうとしていたんですよ。ところが、それがなかなか思うようにいかなくて、困っていたんです。そんな時にどうして、わざわざ東京で、武井要を殺さなくては、いけないんですか？」

「あなたや前田さんは、金儲けの話が、うまくいかなくて、困っていた。うつ病になってしまった間下麻樹を隠して、誰にも会わせないようにしていた。何とか、彼女の病気が治れば、また、金儲けの新たな計画が立てられると思っていたに違いない。そんな時に、もし、東京で、武井要が、雨晴海岸で会っていた間下麻樹の話をして、それを、マスコミが嗅《か》ぎつけたら、果たしてどうなるのか？　とにかく、武井要は、彼女のことが忘れられなくて、『ミスM』という、彼女をモデルにしたと思われる、フィギュアを作っているくらいですからね。興味を持ったマスコミが、どっと押しかけてきたら、あなたも前田さんも、困ってしまうのではないですか？　間下麻樹のうつ病が治っている時ならまだいいが、その頃はまだ、病気がよくなっていなくて、彼女を、誰にも会わせたくはなかったんでしょう？　だから、先回りして、武井要を殺して口を封じ、間下麻樹の話は消してしまった。こう考えれば、動機は、あるじゃありませんか？」

「そんな面倒なことなんかしませんよ。第一、私も前田も、東京で、武井要に会ったことはないんですから」

佐々木が、大きな声を出した。

十津川の顔に、苦笑が浮かんだ。

「前田夫妻がやっている喫茶店にもいってみましたが、あそこに、武井要が作った『ミスM』のフィギュアが置いてありましたよ。あのフィギュアは、武井要が、ほんのわずかしか作っていないんですよ。もちろん、売ってもいない。今、あなたも、前田さんも、東京で武井要には、会っていないとおっしゃいましたね？　それなら、どうして、武井要が、個人的に、ひそかに作った『ミスM』のフィギュアが、あの喫茶店にあったんですか？　どう考えても、おかしいじゃないですか？」

「それは、前田に、きいてくださいよ。私には関係ないし、わからない。少なくとも、私は、東京で、武井要には会ったことがないんだから」

佐々木は、口を尖らせて、全面的に否定した。

「では、それは、前田さんにきくことにしましょう」

十津川が、いってから、さらに、言葉を続けて、

「最近になって、間下麻樹が、高岡駅近くの路地裏で、殺されました。あなたや前田さんが、殺したのでなければ、いったい、誰が殺したのか？　なぜ、突然殺されたのか？　それを話してくれませんか？」

「私にだって、誰が彼女を殺したのかなんて、まったくわかりませんよ」

「しかし、心の病気に、かかってしまった間下麻樹を人に会わせるわけには、いかないので、どこかに、隠しておいたんでしょう？　違うんですか？」

「ええ、たしかに、そうしました。ただ、私も前田も、いちいち、福井にはいっていられませんからね。向こうに、家を買って、朝倉家顕彰委員会の人間と、それから、妹の、間下美樹に、間下麻樹が、勝手に出歩かないように、監視してもらうことにしたんですよ」

「それが、その後、五年間も続いたということですか？」

「そうです。間下麻樹が、精神的に立ち直って、病気から、回復するまでと思っていたのですが、ああいう病気は、なかなか、治らないんですよ。そうこうしているうちに、五年も、経ってしまいました。彼女を使っての金儲け話は、そろそろ、止めようかと思っていたんです。もうひとつ、われわれが、考えなければならなかったのは、彼女の妹の間下美樹の扱いです」

「そういえば、妹の、間下美樹の行動が、少しばかり、突飛《とっぴ》だとは思うのですが、どうして、あんな行動に、出るようになったんですか？」

と、十津川が、きいた。

「私たちは、間下麻樹を、朝倉麻樹として売り出して、金儲けに繋げようと思っていたのですが、実は、間下麻樹のことを私が本に書いたり、写真に撮ったり、彼女が、テレビに出たりしているうちに、彼女自身が、本気で、自分こそ、朝倉氏の二十九代目の子孫で、朝倉麻樹であると、思いこんでしまったんですよ。そして、妹の美樹も同じように、考えてしまったのです」

「それは、あなたたちの責任なのじゃありませんか？」

「たしかに、刑事さんの、おっしゃるように、私たちの責任でもありますが、あの姉妹は、朝倉家とは、まったく関係がないわけじゃありませんからね。自分たちで、越前の朝倉家の子孫と思いこんでしまったとしてもむりはないんですよ。間下麻樹が病気になってしまったあと、妹の間下美樹は、何とかして姉の志《こころざし》を叶《かな》えさせてあげたいと、思いこんでいましてね。私たちが、必死になって、間下麻樹を閉じ込めて、誰にも会わせないようにしているのに、妹の美樹のほうは、勝手に飛び歩いて、自分のことを、間下麻樹と名乗り、姉に代わって、自分を朝倉氏二十九代目の子孫、朝倉麻樹として、売りこんだりしているのです。私にも前田にも、それを抑《おさ》えることができませんでした」

「どうしてですか？」

「変に抑えたら、もっと、まずいことになってしまうと思ったからですよ。そのうちに、間下美樹は、朝倉家の話を、ある資産家にどう話したのか、向こうさんは、それなら、朝倉家の再生というか、朝倉家復興のために、協力しようといって、一千万円もの金を、宣伝コマーシャルに協力する名目で、間下美樹に渡したんですよ」

「その資産家というのは、どういう人物ですか？」

と、十津川が、きいた。

「名前は、野口健太郎《のぐちけんたろう》です。年齢は、たしか、六十代の半《なか》ば、六十五、六歳ぐらいじゃありませんかね？　野口不動産という会社の社長で、自宅は福井にあるのですが、野口不動産は、東京にも、進出している不動産会社なんですよ。心の病気にかかった間下麻樹を住まわせる家を、買ったのは、この野口不動産からなんです」

と、佐々木は、いった。

「この野口健太郎が、一千万円もの大金を、間下美樹に渡したというのは、いったい、どういうつもりだったんですか？　あなたと同じように、間下美樹を、朝倉氏二十九代目の子孫と信じて、これは金儲けになると思って、そんな大金を出したんですかね？」

「もちろん、それもあるでしょうね。それに、野口健太郎は、たしか、最近、奥さんを亡くしていますから、間下美樹の若さと美貌《びぼう》が、欲しかったのかもしれません」

と、いって、佐々木が、笑った。

「間下美樹が、一乗谷朝倉氏遺跡にいって、一千万円を見せて、この遺跡を買い取りたいといった時、そこで見せた一千万円は、今、あなたがいった野口健太郎という男が出していたわけですね？」

「そうです。間下美樹が一乗谷にいって、一千万円の現金を見せて、一乗谷朝倉氏遺跡を、買い取ってもいいといった。その話をきいて、私も前田も、ビックリしてしまったんですから、私たちが、いかせたわけではありませんよ」

と、佐々木が、いった。

「本当に、そうですか？」

「疑うんですか？」

「一応は、疑いますよ。何しろ、あなた方は、最初、間下麻樹を朝倉麻樹として売り出して、それで、金儲けをしようとしたんですからね。ところが、彼女が、心の病気になってしまって、思うように、話を進めることができなくなってしまった。ところがあきらめずに、今度は、妹の間下美樹に目をつけたんじゃありませんか？　彼女自身も、自分たちが、朝倉氏の二十九代目の子孫だということを信じていた。姉妹だから、間下美樹もまた、自分たちが、朝倉氏の子孫であることを、固く信じているわけでしょう？　だから、あなたや前田さんは、間下麻樹が使えなくなったんで、妹の間下美樹を使うことを、考えたんじゃありませんか？　だからこそ、間下美樹を、さり気なく、資産家に近づけて、一千万円の大金を出させ、一乗谷にいって、自分は、朝倉氏二十九代目の子孫だから、一乗谷朝倉氏遺跡を買い取ってもいい。そんな啖呵《たんか》を、切らせたんじゃありませんか？　いったんしぼんだ金儲けの話を、今度は妹を使って、あなたと、前田さんは、計画を練り直して、また動き出した。そう考えることだって、できるじゃありませんか？　違いますか？」

「困りましたね。そこまで、われわれは、悪党じゃありませんよ」

そのいい方に、十津川はまた、苦笑してしまった。

「それでは、心の病気にかかった間下麻樹さんが、高岡駅近くの路地裏で、殺された事件のほうに、戻りましょうか？　あなたや前田さんが、犯人じゃないとすると、誰に、間下麻樹さんは、殺されたんですか？」

「そんなこと、わかりませんよ。今もいったように、われわれは、彼女を家に隠しておいて、外に出ないようにしておいたんですよ。五年間もです。その間、何とか、病気が治ってくれるのではないかと、祈っていましたけどね。最近になって少しずつ、回復しているように見えたので、それで、ちょっと、監視を緩《ゆる》めたのがいけなかったのかもしれません。私も前田も、東京にいましたからね。向こうで、留守番をしていたのは、朝倉家顕彰委員会の人間がひとりと、妹の間下美樹の、二人だけでしたから、たぶん、間下美樹が、出かけている間に、間下麻樹は、あの家を抜け出したのではないかと思います。何回もいいますが、私も前田も、ずっと、東京にいたので、そのあたりのところは、よくわからないのですよ。留守を預かっていた朝倉家顕彰委員会の人間が、慌てて私に電話をしてきましてね。私もビックリしてしまって、何とか、見つけ出せと、命令したんですが、その直後に、高岡駅の近くで殺されてしまったことが、わかったんです」

「誰が殺したと、思っているんですか？　野口という資産家ですか？」

「いや、わかりません。誰が殺したかなんて、私には、見当もつきません。少しずつ、間下麻樹の病状は、回復に向かっていたんですよ。完全に、回復してくれれば、もう一度、朝倉氏二十九代目の子孫として、彼女を、売り出せるじゃありませんか？　殺すなんて、もったいないですよ」

「しかし、妹の美樹さんに、光が当たるようになって、今度は、姉の間下麻樹さんが、邪魔になってきたんじゃありませんか？　途中から、あなたや前田さんは、妹の美樹さんのほうを、売り出すことにしていたんでしょう？　その美樹さんが動き回っている時に、まだ完全には病気が治っていない姉の間下麻樹さんに、ウロチョロされては困る。それで、高岡駅の近くで見つけて、殺したのでは、ありませんか？　あなたか、前田さんか、あるいは、朝倉家顕彰委員会の人間かがですよ」

「困りましたね」

と、佐々木は、ため息をついた。

「私も前田も、たしかに、一乗谷朝倉氏遺跡と間下麻樹を使って、金儲けを考えました。それは認めますよ。悪党です。しかし、だからといって、人殺しまでは、やりませんよ。東京で、武井要というゲームの神さまを殺したのも、私たちじゃないし、高岡で間下麻樹を殺したのも、違います。考えてもみてくださいよ。五年間も、間下麻樹の病気を治そうとして、家を買って、回復を祈っていたんですよ。そんな私たちが、どうして、彼女を、殺すんですか？　理由が、ないじゃありませんか？　もし、私たちが、見つけていたら、家に連れ帰って、もう一度、病気の回復に、専念させますよ」

3

「一応、あなたのアリバイをおききしておきましょうか？　六月七日、甲州街道の明大前駅付近に駐まっていた車のなかで、武井要が殺されていました。その時のアリバイと、六月十五日、高岡駅近くの路地裏で、今度は、間下麻樹が殺されました。その六月七日と十五日のアリバイです」

と、十津川が、いった。

「六月の七日は、一日中、家にいましたよ。でも、私には、家族がいませんので、それを証明してくれる人間は、いませんがね。一日中、家にいて、本を読んでいましたよ。もう一度、朝倉家のことをしりたいと、思いましたからね。歴史の本を、読んでいたんです。六月十五日も、東京にいました。これも、はっきりしたアリバイは、ありませんが、嘘はついていませんよ」

「わかりました。こちらでも調べてみることにしますよ」

十津川が、いい、それで、ひとまず、佐々木と、別れることにした。

次に、十津川は亀井と、旅行から帰ったという喫茶店「日本海」のオーナー、前田清志に、会いにいった。

　喫茶店は、開いていて、前田清志と敬子の夫妻は、店に出ていたが、先日、十津川たちがきた時には、置いてあった、武井要が作った「ミスM」のフィギュアは、姿を消していた。おそらく、佐々木からの電話で、隠してしまったのだろう。

　十津川と亀井はコーヒーを飲みながら、前田清志から話をきくことにした。

　妻の敬子は、表に臨時休業の札を出し、店を、閉めてしまった。

「佐々木さんにおききしたところでは、前田さんは以前、福井にいて、あの一乗谷朝倉氏遺跡に関係があったそうですね？」

　十津川が、まずきいた。

「ええ、たしかにそうですが、関係していたといっても、遺跡を管理する会社の、単なる社員のひとりですよ」

　と、前田が、いう。

「それが、急にやめて、どうして、東京にきてしまったんですか？」

　亀井が、きいた。

「別に、理由なんてありませんよ。僕がやっていた仕事は、いわば、遺跡の番人のようなものでしたからね。何だか、辛気臭《しんきくさ》い仕事で、いい加減《かげん》嫌になってしまったので、やめたんです。向こうにいても、仕方がないので、東京に出てきた。それだけのことです」

と、前田が、いう。

「佐々木さんから、いろいろと、話をきいているんですよ。あなたと二人で、一乗谷朝倉氏遺跡を利用して、金儲けを考えた。佐々木さんは、そう、いっていましたけどね。佐々木さんが以前に書いた『朝倉家の姫君たち』という豪華本がありますよね？　それに、二十九代目の子孫として、間下麻樹の写真が、載っている。これも利用して、金儲けを、考えた。前田さん、あなたと、一緒にですよ。佐々木さんは、そう、いっているんですがね。どうですか？」

十津川が、いうと、前田は、

「参ったな」

と、大げさに肩をすくめて、

「刑事さんが、そこまで佐々木から話をきいているんなら、仕方ありませんね。金儲けを考えたのは、本当ですよ。間違いありません。しかし、金儲けを考えたっていいじゃありませんか？　まだ、何かの犯罪を犯しているわけじゃないんだから」

「一乗谷朝倉氏遺跡や、間下麻樹さんが、朝倉氏二十九代目の子孫ということで、それを利用して、誰かに、金を出させようと考えたわけですね？」

「そうですよ。いろいろな話があったんですよ。今から、五年前頃、ちょうど一乗谷朝倉氏遺跡のことが、話題になっていましてね。世界遺産に、登録するという話があったり、アメリカの、巨大ファンドが金を出すという話があったり、それを映画にしようという企画が持ちあがったりして、こっちにしてみれば、金が儲かりそうな、おいしい話が、いくつも、宙に飛び交《か》っていたんです。それで、僕と佐々木は、このチャンスを見逃すことはない。人を騙すんじゃない。お伽話《とぎばなし》を作って、それで金を儲けるんだと考えたんですよ。いいじゃありませんか？」

と、前田が、いった。

「楽しいお伽話ですか」

と、いって、亀井が、小さく笑った。

「佐々木さんからも、いろいろと、話をききましたがね、あなたの話もおききしたい。まず、武井要さんのことから、おききしましょうか？」

と、十津川が、いった。

「武井要？　武井要というと、あのゲームの神さまですか？」

「ええ、そうですよ」

「名前はしっていますが、会ったことは、ありませんよ」

と、前田が、いう。

今度は、十津川が、笑ってしまった。

「この前、ここにきた時、店のなかに、武井要さんが作った『ミスM』のフィギュアが飾ってありましたよね？　あれは、別に売っているものではありません。武井さんが、雨晴海岸で出会った、間下麻樹さんのことを想《おも》って、個人的に作った、数少ない、貴重なフィギュアなんですよ。それが、ここにありましたからね。どうして、あれが、ここにあったんですか？　今日は、どこかに、隠してしまったのか、見当たらないようですが」

「ああ、あれですか。あれは、知り合いがくれたんですよ」

「どんな知り合いですか？」

「名前はしりませんよ。この店にきていたお客さんのひとりが、武井要のファンでしてね。店内が、あまりに寂しいから、少し華《はな》やかなものを、飾ったほうがいい。飾るのにふさわしいものをもらってきてやろう。そういって、あのフィギュアを武井要から、もらってきてくれたんです。その後、武井要が死んでしまったようですが」

「あのフィギュアをもらってきてくれたのは、何という名前の人なんですか？」

　繰り返して、亀井が、きいた。

「名前はしりません。何回か、この店にきていましたけどね。名前まではきいていません。そうだよね？」

　前田は、横にいた妻の敬子に、声をかけた。

「ええ、そうなんですよ。武井要さんの熱心なファンで、あのフィギュアを、もらってきてくださったんですよ。いいものだと思って飾っておいたんですけど」

　と、敬子が、いう。

「それでは、どうして、今日は、飾ってないんですか？」

「正直にいいましょうか？」

　と、前田が、いった。

「さきほど、佐々木から、電話がありましてね。警視庁の警部さんがきて、俺たち二人が疑われている。だから、東京で殺された武井要の作ったフィギュアなんかを店に置いておくと、面倒くさいことになるぞ。そういわれたので、仕舞《しま》ってしまったんですが、だからといって、僕が、武井要を殺したわけじゃありませんよ」

「あのフィギュアをここに持ってきてくれたお客の名前がわかったら、後で、私に電話をください」

と、十津川は、断った後で、

「間下姉妹のことについて、おききしましょうか？　いつ頃、あの姉妹と、知り合ったんですか？」

「僕は今もいったように、以前は、一乗谷朝倉氏遺跡を管理している会社の社員だったんですよ。だけど、間下姉妹とは、知り合いじゃありませんでした。今もいったように、金儲けの話が飛び交っていましてね。そんな時に突然、佐々木が近づいてきたんですよ」

「佐々木さんとは、どんな知り合いだったのですか？　突然、あなたを、訪ねてきたのですか？　それとも、前からの、知り合いだったんですか？」

「前から、名前ぐらいは、しってはいましたが、それほど、深い知り合いではありませんでした。僕も、今いったように、一乗谷朝倉氏遺跡を、管理する会社の社員でしたからね。一応、朝倉家顕彰委員会には入っていたんです。それで、佐々木は、僕のことを、しっていたんじゃありませんか？　五年前に、突然、僕を訪ねてきて、一緒に楽しい仕事をやらないかと、いわれたんですよ。今いったように、金儲けの話が、いろいろと飛び交っていましたからね。それをうまく使って、二人で少しばかり、金儲けをしようじゃないかと、そういわれました。最初は、うまくいくはずがないと思って、断っていたんですけど、何度も、熱心に口説《くど》かれましてね。話をきいているうちに、何となく、うまくいくような気がしてきたんです。何しろ、一乗谷朝倉氏遺跡のことは、その頃、福井では、大きな話題になっていましたし、佐々木が、例の本の著者で、越前の朝倉氏の二十九代目の子孫だという朝倉麻樹、本名は、間下麻樹ですけどね、彼女と親しくしていたし、妹の美樹ともです。だから、これだけの材料があれば、必ず儲かると、いわれましてね。決心して、彼と一緒にやることになったんです」

「それが、五年前ですね？」

「ええ、そうです」

「それが、どうなったんですか？」

「それは、佐々木が、話したんでしょう？」

「いや、あなたの口から、直接ききたいんですよ」

と、十津川が、いった。

「途中までは、うまくいきそうだったんですよ。アメリカの巨大ファンドが、金を出すという話もあったし、朝倉家のことを、映画にしようという話もあったんです。それで、僕と佐々木は、祝杯を挙《あ》げかかったんですがね。その話が、完全に決まらないうちに『福日新報』という、地元の新聞が取りあげてしまったので、何組もの同じような、金儲けを狙っていた連中が、出てきましてね。自分たちの計画がうまくいかないと、今度は、僕たちの話を、潰しにかかったんですよ。僕たちは、喧嘩《けんか》するつもりでしたから、平気でしたが、ある日突然、肝心の、間下麻樹が、どこかに連れ去られてしまいましてね。ライバルの連中が、監禁して、彼女を、質問攻めにしたんです。それも、二日間にもわたってですよ。三日目に、ようやく、見つけ出して、僕と佐々木で、助け出したんですが、彼女は、精神をやられてしまっていましてね。心の病気に、なってしまったんです。こうなると、彼女を使っての計画は、オジャンになってしまいました。病人は使えませんよ」

「彼女を、朝倉氏の二十九代目の子孫として売り出して、金儲けに、持っていこうとしたわけですね？　そのために、いろいろなことをやったんじゃありませんか？　例えば、農水省の若い官僚との見合い話を、進めたり、そういうこともやったんじゃありませんか？」

亀井が、きくと、

「ええ、そうなんですよ」

と、前田は、やっと笑った。

「あまり大げさな売り出し方をすると、かえって、怪しまれてしまう。当時、間下麻樹は、三十歳になったばかりでしたからね。見合い話があっても、決して、おかしくない。とにかく、朝倉氏二十九代目の子孫ですからね。いわば、お姫様なんですよ。恋愛結婚よりも、見合い話のほうが、ふさわしいだろう。そう思って、大西俊《おおにししゅん》という地元の元政治家、その頃は、政治評論家に、なっていましたが、その人にお願いして、もっともらしい見合い話を作ってもらったんです」

「大西俊ですか？　どこかできいたことがありますよ」

と、十津川が、いった。

「政治家としては、法務大臣まで務《つと》めた人です。元々は、地元の政治家なんですが、その頃は、東京で政治評論家として、活躍していた人です」

「その大西俊も、あなたたちの儲け話に乗ってきたんですか？」

「そうですよ。そういう、おいしい話に持っていかないと、動いてなんてくれませんからね。それで、見合い話ができあがったんです。東京のホテルで、若手の官僚と見合いをさせる。それを、何となく、地元の新聞『福日新報』などに載せる。そういう計画を立てたのです。ところが、肝心の間下麻樹が、心の病気になってしまいましてね。もし、断れば、どうして断るのかという話になって、間下麻樹の病気のことが、公になってしまっては困る。そこで、妹の間下美樹を、麻樹ということにしましてね。東京で見合いをさせたのです。もちろん、それを続けるわけにはいきませんか
ら、お互いの性格が合わなくて、駄目になったということにしました」
「それで今、政治評論家の大西俊さんは、存命ですか？」
「あの見合いの二年後に評論家を引退しました。七十八歳になります」
「じゃあ、あなたも佐々木さんも、ホッとしたんだ？」
「そんなことは、ありませんよ。僕も佐々木も、大西先生のことを、頼りにしていま
したからね」
と、前田が、いう。
「その時点で、あなたも、佐々木さんも、せっかく作った儲け話が、うまくいかなく
なったわけですよね？」
「まあ、そういうことです」
「そのあとは？」
「僕も佐々木も、とにかく、間下麻樹の病気が、一日も早く治ってもらわなくては困
る、そう思いましてね。何とかして、回復してくれないかと、そう祈ったんですが、
なかなか治らなかった。彼女の回復を待っているうちに、五年が経ってしまいまして

ね。僕は、福井にいても面白くなくなったので、東京に出てきて『日本海』という、この店を始めたんです。もちろん、時々は向こうにいって、間下麻樹の病状を、見ていましたが」

「五年後の今年になって、事件が起きた。六月七日に、ゲームの神さまといわれた武井要が、殺されました。あなたが、殺したんですか？」

十津川が、いうと、前田は、慌てたように、手を横に振って、

「僕が殺す必要なんて、何もないでしょう。別に、武井要が生きていたって、困らないんだから」

「本当に、困らなかったんですか？」

「困らないですよ」

「武井要は、五年前、一年近く、雨晴海岸の旅館に滞在して、間下麻樹さんとつき合っていました。その後、あなたや佐々木さんが、病気になった間下麻樹を、隠してしまったので、彼女に会うことができなくなって、東京に帰った。そして、彼女のフィギュアを作った。その間、四年間、武井要は、間下麻樹のことを、誰にも、話さなかったといわれています。しかしね、もし、誰かに、話されたら、あなたと佐々木さんは、困るんじゃありませんか？　何しろ、武井要は有名人ですからね。その武井要

が、一年近くも、行方不明になっていた。その間、雨晴海岸で、朝倉氏二十九代目の子孫だという間下麻樹と、つき合っていた。そんな話をしたら、マスコミは、興味を持って、ドッと、押しかけてきたんじゃありませんか？　そうなったら、あなたも佐々木さんも、困ったことになる。何しろ、一乗谷朝倉氏遺跡や間下麻樹を使って、金儲けを企んでいたんですからね。それなのに、間下麻樹さんは、病気になってしまった。もし、それが、新聞に書き立てられたり、テレビが報道したら、あなたも、佐々木さんも悪人になってしまう。そうなる前に武井要を、殺してしまったのではありませんか？　違いますか？　動機としては充分だと思いますがね」

「警部さんも、少しばかり考えが足りませんね」

「考えが足りませんか？」

「そうですよ。いいですか、武井要は、五年前に、雨晴海岸の旅館で、一年近く過ごし、その間、間下麻樹と、つき合っていたことを、誰にも、話さなかったわけでしょう？　ただ、彼女をモデルにした、フィギュアを作った。ただ、それだけの話ですよ。新しいゲームは作らなかったんですよ。間下麻樹との想い出は、誰にもいわずに、それをゲームにもせず、自分の胸のなかにしまっておくつもりだったとしか、考えられない。それとも、五年後の今になって、突然、武井要が、彼女の想い出を、誰かに話す気になったんですか？　それとも、彼女を主人公にした、ゲームを作ろうとでもしたのですか？」

といい、前田は、十津川を見た。

「いや、それはきいていません。彼は、前のゲームが、成功した後、次に、万葉の時代を舞台にしたゲームを作ろうとして、一年間、誰にもいわずに、姿を消し、雨晴海岸にいった。そこで、間下麻樹と知り合い、つき合っていた。しかし、なぜか、そのことは、誰にも話しませんでしたし、万葉の時代を舞台にした新しいゲームも、作っていません。しかし、密《ひそ》かに、新しいゲーム、それは、万葉の時代を舞台にしたものではなくて、例えば、朝倉氏の滅亡を、テーマにしたゲームを作ろうとしていたのかもしれないじゃないですか？　あなたと、佐々木さんは、それをしって、機先を制して、武井要を、殺してしまったんじゃありませんか？」

「そういう馬鹿馬鹿しいストーリィを、刑事さんが、勝手に作ってもらっては、困りますね。もし、僕が武井要を、殺したとすれば、もう、東京になんかいませんよ。サッサと福井に逃げ帰っていますよ」

と、前田が、いった。

「それでは、六月七日、武井要が、車のなかで殺されていた日の、あなたのアリバイを、おききしましょうか？」

　十津川が、いった。

「そのことは、佐々木にも、きいたんじゃありませんか？」

「もちろん、ききましたよ」

「それで、彼は、どう、いっていました？」

「六月七日は、一日中、自宅にいた。しかし、自分には、家族がいないので、証人はいない。そういっていましたね」

「それは嘘ですよ」

　いきなり、前田が、いった。

「佐々木さんが、嘘をついているというのですか？」

「いや、正確にいえば、嘘をついているというよりも、言葉が、足りなかったんですよ。六月七日でしょう？　あの日の夜なら、彼は、僕と一緒に、いたんですよ」

「一緒にいた？　どこで、何をしていたんですか？」

「昼過ぎに、彼が、ここにきましてね。とにかく、間下麻樹のことを、どうしたらいいかというので、今日のように、店を閉めて、二人で、夜遅くまで、相談したんですよ。たぶん、佐々木の奴、僕に、迷惑をかけたくないと思って、ここにきていたことをいわなかったんじゃありませんかね」

と、前田が、いった。

「本当に、六月七日、佐々木さんは、ここにきて、夜遅くまで、あなたと、間下麻樹さんのことを話し合っていたんですか？」

「そうですよ。何しろ、五年も、何とかして、彼女の病気を治したい。それには、どうしたらいいのか、いっそのこと、妹の間下美樹さんと一緒に、海外に連れ出してしまおうかとまで、考えましたよ。豪華客船で、一カ月か二カ月、旅にいかせれば、それが、気分転換になって、かえって簡単に、心の病気が、治ってしまうかもしれない。そんなことも、考えたんですよ、ここでね」

と、前田が、いった。

「主人のいっていることは本当です。そのとおりですよ」

と、敬子までが、口を挟んだ。

「私は、間下麻樹さんには会ったことがないので、ずっと黙って、きいていましたけどね。それは、熱心に、二人で、どうしたらいいのかを、話し合っていたのは間違いありませんよ。あの時は、夜の十二時近くまで、話し合っていましたけどね。その後、疲れたのか、主人は、二階にあがって、すぐに、寝てしまいましたけど」

と、敬子が、いった。

六月十五日、高岡駅近くの路地裏で殺された間下麻樹についても、前田は、佐々木と同じようなことをいった。東京にいたというのだ。

十津川は、佐々木茂の話も信用していなかったし、前田清志の話も、信用しなかった。

もし、この二人が、犯人だとしたら、共犯者が、ほかにも、いるのではないかという気がしていた。何しろ、佐々木と前田は、一乗谷朝倉氏遺跡と間下姉妹を使って、金儲けを企んだ。その金儲けの話に、何人もの人間が加わってきたのではないか？

十津川は、そう考えたからである。

それは、富山県警の小林警部や、地元の新聞『福日新報』から、話をきいているから、そちらのほうで、何か手がかりになるようなことが明らかになるかもしれないと、十津川は、期待していた。

4

富山県警の小林は、十津川からの、連絡を受けて、再度『福日新報』に、出かけていった。前には、捜査二課の中田警部にも一緒にいってもらったのだが、その後、東京の十津川からの、電話連絡で、いろいろと、事情がわかってきた。

そうしたいくつかの資料を、持って、小林は、『福日新報』社にいき、編集責任者の安藤《あんどう》というデスクに、会った。

「先日は、今回の一連の事件には『福日新報』は、関係がないというお話を、おききしましたが、そのあと、東京から連絡がありましてね。佐々木茂という人、もちろん、ご存じですね？」

「ええ、しっています」

「佐々木さんは『朝倉家の姫君たち』という豪華本を五年前に出版しているのですが、その本を、こちらにも、送ってきたんじゃありませんか？」

小林が、きいた。

「五年前ですか？」

と、安藤は、乗り気のないような顔で、いった。

「そういう本のことは、きいたことがあるような気もしますがね。正直なところ、覚えていないのですが、いったい、どういう本ですか？」

「先日、高岡駅近くの路地裏で、間下麻樹という女性が殺されましたよね。佐々木茂は、その間下麻樹が、実は、滅亡した朝倉氏の二十九代目の子孫だという本を、出したんですよ。彼女の写真も、一ページ目に、載っています。百冊作って、メディアに、送ったといっていましたからね。当然、ここにも、送ってきたはずですよ」

「そうですか。いや、あまり、覚えていませんがね」

と、相変わらず、安藤は、とぼけたことを、いう。

「六月十五日に、間下麻樹という女性が、高岡駅近くの路地裏で、殺されたことは、当然、ご存じでしょう？　こちらだって、新聞社なんだから」

「ええ、もちろん、そのことは、しっていますよ」

今度は、安藤が、うなずく。

「当然、新聞なんですから、間下麻樹のことは、いろいろと調べたんでしょうね？」

「ええ、調べましたがね、それほどの、有名人というわけではないから、小さくしか、扱いませんでしたよ」

「それでは、『福日新報』の、六月十六日、あるいは十七日の、新聞を、見せていただけませんか？」

小林が、いうと、安藤は、仕方がないという顔で、席を立ち、数分して戻ってくると、小林の前に『福日新報』六月十六日、十七日の二部を置いた。

小林は、まず、六月十六日の新聞に、目を通した。

安藤は、小さくしか、扱わなかったといっていたが、見てみると、かなりのスペースを、割《さ》いて、大きく載っている。

そこにあったのは、間下麻樹の写真、和服姿の、写真である。間違いなく、あの『朝倉家の姫君たち』の一ページ目に、載っていた、彼女の写真ではないのか？

小林が、それを指摘すると、安藤は、

「誰か、被害者の写真が、手に入らないかと、私が、いいましたら、記者のひとりが、この写真を見つけてきたんですよ。だから、私は、この写真が、どういう写真なのか、詳しくはしらなかったんですよ」

「いいですか、六月七日、東京で、間下麻樹と、知り合いだったゲームの神さまといわれていた武井要という、三十五歳の男が殺されたんですよ。六月十五日には、今いった間下麻樹が、高岡駅近くの路地裏で、殺されました。この二つの、殺人事件には、この新聞に載っている、間下麻樹の写真が、関係しているんですよ。それでも、ウチの新聞は、事件には、関係がないというのですか？　もし、あなたが、そうだといい張るなら、われわれは、徹底的に五年前からの、新聞を全部調べますよ。それでもいいですか？」

と、小林が、脅かした。

それでやっと、安藤も、覚悟を決めたらしい。安藤の語調が変わった。今度は、『福日新報』が、事件を、予見したように話したくなったらしい。

「わかりました。正直に、お話ししましょう。実は、五年前から、この『朝倉家の姫君たち』という本のことは、しっていました。それで、この本を送ってきた人物は、いったい、何を企んでいるのかと、思って、徹底的に調べました。そうしたら、この本の著者、佐々木茂と、一乗谷朝倉氏遺跡の管理をしている会社の社員、前田清志という男、それに、大西俊という政治評論家の三人が絡んで、あの遺跡と、朝倉氏二十九代目の子孫だという朝倉麻樹という女性の二つを使って、何か金儲けを企んでいるらしいということが、わかってきたんです」

「それなら今まで、三人のことを、追っていたんですね？」

小林が、強い口調で、きいた。

「ええ、この三人も、追っていたし、彼らが考えた金儲けの話が、どうなってしまったのか、それも、追いかけていたんですよ」

安藤は、今度は胸を張るような感じで、いった。

第七章　最終列車

1

富山県警小林警部の電話は、ある意味で、十津川が期待していたものだった。

五年前に、一乗谷朝倉氏遺跡で、朝倉麻樹こと間下麻樹、それに『朝倉家の姫君たち』と題された、もっともらしい豪華本などをタネに、佐々木茂と前田清志が、二人で組んで詐欺を企んだが、それは成功しなかった。

小林警部の話によると、この二人に、大西俊という政治評論家が加わっていたと、当時の『福日新報』は報じていたという。

「大西俊という政治評論家なら、私もよくしっていますよ。いまだに、中央政界に大きな影響力を持っている評論家だった人物で、政界のボスのような人でしょう？　その大西俊も五年前の詐欺計画に、一枚噛《か》んでいたというのですか？」

十津川が小林にきいた。

「ええ、噛んでいたと思います」

「それで、佐々木茂と前田清志は私の質問に答えて、『福日新報』などマスコミの妨害によって、計画した詐欺計画のほうはうまくいかず、仕方なく引き下がった。そういっているのですがね。本当のところは、どうなんですかね？」

「当時、このことを取材していたという『福日新報』の記者にきいたところ、五年前、せっかく詐欺の計画をいろいろと立てたのに、そんなに簡単に、引き下がるはずがありませんよといっていましたよ」

「やはり、そうですか。私も、そうじゃないかと思っていました」

と、十津川が、いった。

五年前に立てた詐欺計画が、うまくいかず、手を引いたとすると、どうして、五年後の今になって、殺人事件が二つも、相次いで起きたのか？

それが、何とも不可解だと、十津川は、思っていたのである。

「それでは、成功したのですか？」

改めて、十津川が、きき直した。

しかし、詐欺が成功して、犯人が巨万の富を得たのなら、なぜ、福井県警が、捜査をしていないのだろうか？

十津川には、その点もまた不可解なのである。

「『福日新報』の記者によると、五年前の詐欺計画は、今に至るも、成功したのか、失敗したのか、それとも、継続中なのかよくわからないそうです」

と、小林が、いう。

「そのあたりのところを詳しく話してもらえませんか？」

「これはすべて『福日新報』が、調べたことで、警察は、まったく関係していません。警察は、事件になっていないので、この件について捜査はしていないのです。そこで『福日新報』の話ですが、最初は、前田とか佐々木といった小悪党が、動いていたそうです」

と、断ってから、小林警部は、五年前の詐欺計画について話してくれた。

「五年前、佐々木と前田という小悪党が、一乗谷朝倉氏遺跡、それに、朝倉氏二十九代目の子孫を自称していた朝倉麻樹こと間下麻樹、それに『朝倉家の姫君たち』というもっともらしい豪華本、この三つを使って、詐欺を働こうとした時、これは金になると、匂いでわかったのか、それこそ、大物が、顔を出してきたというのです」

「その代表が、大西俊ということですか？」

「そうです。大西俊は、いまだに政界に睨みをきかせているし、大西俊のためならば、金を出してもいい。儲かるということならと考えていた資産家も大勢いたわけです。この時、大西は、一乗谷朝倉氏遺跡は、間違いなく世界遺産になるという大きなアドバルーンをあげたんですよ。当時、飛騨《ひだ》の合掌《がっしょう》造りや、宮島《みやじま》の厳島《いつくしま》神社などが、世界遺産に登録されて、日本中が、世界遺産の話題で、持ちきりになっていましたからね。その上、大西俊のような政界の大物がやってきて、一乗谷朝倉氏遺跡が世界遺産になると、はっきりといったうえに、歴史研究家とか、社会評論家などを大勢連れてきましてね。福井県内の各地で講演会を開いたのです。いかに、一乗谷朝倉氏遺跡が、世界遺産に登録されるにふさわしい立派なものか、そして、地元の人間が力を合わせれば、間違いなく、世界遺産に登録されることになる。もし、そうなったら、一乗谷朝倉氏遺跡の周辺は、一大観光地になる。日本中から、あるいは、世界中から観光客がやってくるようになるので、大きな駐車場が必要になるし、戦国時代のさまざまな記録や、戦《いくさ》の道具などを集めた巨大な博物館が必要になるし、当然、レストラン、ホテルなども必要になる。それに備えて、今から一乗谷世界遺産推進委員会という団体を作ります。それに投資すれば、一乗谷朝倉氏遺跡が世界遺産になった時の経済効果は、数百億円。今から資金を提供した人や団体は、当然、その時には優先権を得て、さまざまな利益を手にすることができると宣伝しましたが、その行為自体は、犯罪じゃありませんから、地元の警察は、まったく、介入していません。とにかく、宣伝が効いて、金儲けに目のない資産家が、我先にと資金を提供するし、福井県以外からも、大西俊が作った一乗谷世界遺産推進委員会に、大きな資金が次々と提供されてきたんですよ。大西は、今もいったように、有名な学者を集めて、あちこちで講演会をおこなったし、その上、福井出身の前の総理大臣、渡辺徳三《わたなべとくぞう》を、その推進委員会の名誉会長にしましたからね。それならば信用できると、多くの人が、どっと集まってきたのです。ですから、例のアメリカのハッピークラブの日本支部からも四十億円近くの資金が提供されたようです」

「しかし、いまだに、一乗谷朝倉氏遺跡は、世界遺産には、登録されていませんね？　噂もまったくききませんが」

「だから、今は、詐欺が未遂《みすい》の状態だといわれているのです。大西俊をはじめとする大物が、推進委員会をやっていますからね。今年が駄目でも、ひょっとすると、来年には、世界遺産になるのではないか？　資金を提供した連中は、大西俊や、あるいは、名誉会長をやっている前首相の渡辺徳三のことを、信用して、じっと、待っているわけですよ。ですから、警察としても、これが果たして、詐欺になるのかどうかがわからずに、手を出しかねているのです。何しろ、一乗谷世界遺産推進委員会というのは、現に、今もありますからね。それに、今もいったように、ひょっとすると、来年、世界遺産に登録されるかもしれないのです。ですから、この状態が続くかぎり、大西俊たち関係者を、逮捕はできないのですよ。『福日新報』も同じですよ。最初は、うさん臭いと思って、一応調べたが、今は、これが詐欺だとはっきり、書けないでいるのです。何回もいいますが、一年先、二年先、あるいはもっと先に、一乗谷朝倉氏遺跡は、世界遺産に登録されるかもしれませんからね」

と、小林が、いった。

「佐々木と前田は、今、何をやっているのですか？　私には、詐欺計画が失敗したので、地道に、働いているといっていましたが」

「そうですね。佐々木と前田は、今、大西に使われている人間といったところですよ。あの二人も、もし、一乗谷朝倉氏遺跡が世界遺産に登録されれば、そのおこぼれに与《あずか》ろうとして、大西たちの使い走りをしているんじゃありませんか？」

「大西俊が火つけ役で、前首相の渡辺徳三を、名誉会長にして組織した一乗谷世界遺産推進委員会というのは、今までにどのくらいのお金を集めたんですか？」

「『福日新報』にも、正確なことはわからないようです。大きな金儲けを考える連中というのは、細かいことは、いいませんからね。しかし、二百億円から三百億円、もしかすると、それ以上集めているのではないか？　だから、もし、この委員会が、潰れれば、たくさんの人間が泣きを見ることになる。『福日新報』では、そう、見ているようですし、われわれも、それを心配しています」

「今でも、一乗谷世界遺産推進委員会に、資金を提供しようとする人間は、いるのですか？」

「ええ、今でも、いますよ。間下麻樹の妹、間下美樹に一千万円を渡したという、不動産会社の社長をやっている野口健太郎という男もいますからね。彼ももちろん、一乗谷朝倉氏遺跡が世界遺産になった時には、おこぼれに与ろうとして、間下美樹に一千万円を提供しているのです」

2

十津川は、小林警部との電話での話し合いをすませた後、大西俊に、会いにいくことにした。

大西俊の事務所は、現在、千代田区平河町《ちよだひらかわちょう》にある。十八階建てのビルの三階部分のフロアを、全部占領していたはずである。

十津川はアポを取ってから、亀井を連れて、大西俊に、会いに出かけた。

事務所には、看板が二つ出ていた。ひとつは「大西俊政治研究会」、もうひとつのほうは「一乗谷世界遺産推進委員会事務局」となっている。

奥にある会長室で、二人は、大西俊に会った。

大西俊は、すでに八十歳近い高齢のはずなのだが、血色《けっしょく》もよく、声も大きく元気だった。

「今日は、大西先生に、福井県の一乗谷朝倉氏遺跡について、お話を伺いたいと思いまして、お邪魔しました」

十津川が、いうと、大西は、ニッコリして、

「刑事さんも、あの一乗谷朝倉氏遺跡に興味がおありなのか？　あれは、素晴らしいものですよ」

「大西先生は、あの一乗谷朝倉氏遺跡を世界遺産に登録させようとして、ご苦労されているわけですすね？」

「そのとおりです。特に、前の総理、渡辺徳三さんは、福井の生まれですから、喜ん

で、私の作った、推進委員会の名誉会長になってくださいましたよ」

「それで、あの遺跡が、世界遺産に登録される可能性はあるのですか？」

「もちろん、ありますとも。いいですか、あの一乗谷朝倉氏遺跡というのは、四百年もの間、地中で、眠っていたのですよ。こんなに、時間をかけて甦《よみがえ》った遺跡というのは、世界中を探したって、そんなに多くはありません。私が、世界遺産の事務局に、電話をして、確信したのは、向こうに、大変大きな興味を持ってもらえたという、感触があったからです。来年か少なくとも二年先には、世界遺産に登録されるのは間違いありませんよ」

「大西先生に賛同して、多くの資金が、集まっているときいていますが、それも、間違っていませんか？」

「日本中から賛同者が、次々に、私の作った一乗谷世界遺産推進委員会の、メンバーになってくださっています」

「メンバーになるということは、それ相応の資金を提供する。そういうことで間違いありませんか？　何でも、地元の『福日新報』が、試算したところでは、二百億円から三百億円という大金が、この一乗谷世界遺産推進委員会に集まったときいたのですが、本当ですか？」

「正確な金額というのは、申しあげられませんが、たしかに、たくさんの賛同者の方が、次々に、メンバーとして名を連ねていらっしゃいますよ」

「佐々木茂という人と、前田清志という人が関係しているはずですが、この二人もメンバーですか？」

「佐々木茂ですか？」

「今回のプロジェクトで、大きな力になっている『朝倉家の姫君たち』という豪華本があるでしょう？　その豪華本を書いた著者が、佐々木茂ですよ。前田清志のほうは、一乗谷朝倉氏遺跡の管理会社がありますよね？　以前、そこで働いていた人間です」

十津川が、いうと、大西俊は、

「ああ、あの男たちか」

ひとりでうなずいてから、

「その二人なら、資金の提供者ではなくて、ウチの事務局の職員として、働いてもらっていますよ」

「最近になって、一乗谷朝倉氏遺跡に絡んで、二つの殺人事件が、起きています。ひとつは、六月十五日に、高岡駅近くの路地裏で起きた殺人事件で、殺されたのは今、申しあげた、朝倉氏二十九代目の子孫といわれていた朝倉麻樹こと、間下麻樹という女性です。もうひとりは、この朝倉麻樹と、五年前につき合っていた武井要というゲームの神さまで、彼は、六月七日に東京で、殺されました。この二つの殺人事件について、どんなことでも、結構なんですが、何か、ご存じのことはありませんか？」

十津川が、きくと、大西は、笑って、

「私は、警察ではないのでね、そういう殺伐《さつばつ》とした事件には、申しわけないが、興味がないんだ。私は、一乗谷朝倉氏遺跡を、何とかして世界遺産に登録したい。それだけを願って、いろいろと、忙しく動いているので、ほかのことには、まったく関心がないんだよ」

「そうですか。六月七日の東京の殺人事件も、十五日の高岡駅近くの路地裏の殺人事件のことも、ご存じありませんか？」

「ああ、しらないね。申しわけないが、警察の力には、なれませんな」

大西が、いった時、十津川の携帯が、鳴った。相手は、西本刑事だった。

「例の二人ですが、佐々木の車を使って、前田夫妻と三人で、どこかに出かけるようなので、これから、尾行します」

と、西本が、いった。

十津川は、電話を切ると、大西に向かって、

「ありがとうございました。お話、とても参考になりました」

と、いった後、出口に向かって歩く代わりに、部屋にある大きな書棚に向かって歩いていった。

そこには、たくさんの本が、並べてあった。

そのなかから、一冊の本を、手に取った。

「さっき、大西先生は、佐々木茂と、前田清志の二人は、よくご存じではないように、いわれました。その後で、こちらの事務局の職員として、働いてもらっているといわれました。しかし、その佐々木茂の書いた本が、ここにありますよ。その上、本の表紙をめくると『献呈　大西俊先生　佐々木茂』と、書いてありますね？　この本は、豪華本で、百冊しか作らなかったそうで、配った先も少ないのです。その本が、大西先生のところには、ちゃんと、贈呈されている。これは、いったい、どういうことでしょうかね？」

と、十津川が、きくと、大西は、笑って、

「私はね、この歳《とし》まで、生きてきたおかげか、毎日のように、さまざまな人たちから、さまざまな本が寄贈されてくる。刑事さんがいわれた本は、そのなかの一冊で、

私は、それを読んではいないんだ」

　と、とぼけた。

　それに対して、十津川も、笑って、

「今、ページを繰ってみたんですが、たくさんの付箋《ふせん》が、貼ってありましたよ。興味を持って、熱心に、お読みになったのではありませんか？」

「いや、それは私じゃない。ウチには、十人以上の職員が働いているんでね。何か読みたい本があれば、書棚を勝手に開けて、持っていってもいいといってあるんだ。職員の誰かが、興味を持って、読んだんだと思うがね」

「それなら、この本をお借りしても構いませんね？」

「どうするつもりなのかね？」

「この付箋の貼ってあるページの指紋を調べたいのですよ。大西先生がおっしゃるように、もし、この事務所の職員が、勝手に持っていって読んだのであれば、その職員の指紋がついているはずですからね」

「読んでいないといっても、私宛てに、送られてきた本だからね。警察が、勝手に持っていってもいいのかね？」

「もし、どうしても駄目だとおっしゃるのなら、捜査本部に戻って、令状を取ってきますが、そうなると、マスコミも、なぜ、大西先生の事務所から、特定の本を持ち出したのか？　どうして、令状を取ったのか？　それについて、記者会見を開いて、発表しなければならなくなりますが、それでもよろしいのですか？」

「わかった。勝手に、持っていきたまえ」

大西は、明らかに、狼狽《ろうばい》していた。

3

問題の本を調べた結果、ひとりの指紋が、数多く採取された。

調べるまでもなく、それが、大西俊の指紋であることは、はっきりしている。

大西俊は、前首相の渡辺徳三を担《かつ》いで、一乗谷朝倉氏遺跡を世界遺産に登録しようという運動を開始した。たぶん、その時に、佐々木茂の書いたこの本も、宣伝に利用されたに違いない。もちろん大西の目的は、一乗谷朝倉氏遺跡を世界遺産にということより、金集めだろう。

今、十津川は、二つのことを考えていた。

そのひとつは、二つの殺人事件の容疑者である。もうひとつは、現在、所在がわからなくなっている間下美樹のことだった。

間下美樹が、しばしば、姉の身代わりを務めたことは、わかっている。問題は、なぜ、そんなことをしたのか？　今年になってから、なぜ、一乗谷朝倉氏遺跡にわざわざ出向いて、奇妙な行動を、取ったのか？

それに絡んで、十津川が一番しりたかったのは、六月七日に、東京で武井要が殺される前日、間下美樹は、万葉線の終点、越ノ潟の食堂で食事を取っていた時、携帯電話でだれかと話していた。その相手に向かって、

「タケイさん」

と、呼びかけたことである。

そして、彼女は、

「東京に帰ったら、すぐにお伺いしたい」

そういっているのを、加東肇が、きいているのである。

それが、殺された武井要のことだったら、と考える。

間下美樹は、東京に帰ってから武井要に会って、何を話したかったのか？　そのために、武井要が、殺されたのだとすれば、現在所在不明の間下美樹も、極《きわ》めて危険な状況にあると、いわざるを得ないのだ。

現在、西本と日下の二人が、佐々木茂と前田夫妻の乗った車を、尾行中である。

その後、佐々木と前田夫妻は、車を東京駅近くの駐車場に入れ、それから東海道新幹線に乗った。現在、その列車は、名古屋、米原方面に向かっている。

西本と日下の二人も三人を尾行して、現在、同じ新幹線の車中である。佐々木たちが米原で降りるとすれば、間違いなく、特急「しらさぎ」に乗り換えて、福井に向かうと見ていいだろう。

十津川は、そうした状況の変化を見守りながら、小林警部に、電話をかけた。

十津川は、小林に向かって、大西俊に会ったこと、それから、佐々木茂と前田夫妻が、現在、東海道新幹線で、米原方面に向かっていることを告げた。

「私が今、一番心配しているのは、間下美樹のことです。どうも、事件の真相を間下美樹が、つかんでいるのではないか？　そんな気がして仕方がないのです。そうだとしたら、彼女は、きわめて危ない状況にあることになりますからね」

「その点は、同感です。そこで、こちらも、間下美樹に、一千万円を出した野口不動産という会社、その会社は、福井市内にあるのですが、その会社を見張らせています。社長の野口健太郎も、何か動き出しそうな気がしますから」

と、小林が、いった。

4

小林警部は、部下ひとりを連れて、福井駅近くにある、野口不動産本社を訪ねた。

野口不動産は、最初は小さな、不動産屋にすぎなかった。それが、今、規模も大きくなり、福井県内の、多くのビルやマンションの賃貸で、成功していた。

小林は、社長の野口健太郎に会うと、単刀直入《たんとうちょくにゅう》に、

「お宅の会社と、間下美樹という女性との関係は、いったい、どういうものですか？」

と、きいた。

「別に難しい関係じゃありませんよ。ウチのコマーシャルを、彼女に、やってもらっているだけの関係ですよ」

「それで、一年間の報酬が、一千万円ですか？」

「いや、一応、複数年ということになっています。コマーシャルとしての効果があがれば、プラスアルファを、支払いますよ」

と、野口が、いった。

「間下美樹さんですが、今、どこにいますか？」

「私にも、彼女の現在の、居場所は、わかりません」

「どうしてですか？　一千万円もの金を支払った、大切な仕事のモデルなんでしょう？」

「たしかに、彼女に、うちのコマーシャルをやってもらっていますが、専属というわけではなくて、いわば自由契約です。うちの仕事をやっていない時には、彼女は自由ですから」

「しかし、連絡を取らなくてはならないことも、あるわけでしょう？」

「ええ、もちろん、ありますよ」

野口は、間下美樹が持っている携帯の番号を、教えてくれた。

小林は、その場で、自分の携帯を使って、教えてもらった番号に、かけてみたが、かからなかった。

最近は携帯の性能もよくなって、圏外ということは、あまりなくなったから、おそらく、本人の間下美樹が、自らの意志で、電源を切っているか、あるいは、誰かに強制的に、電源を、切られているのだろう。

「社長さんの机の上を見たら『一乗谷朝倉氏遺跡を世界遺産に』と書いたパンフレッ

トが置いてありましたが、野口さんも、一乗谷朝倉氏遺跡を世界遺産にしようという運動に、参加していらっしゃるんですか？」

「もちろん、参加していますよ。まあ、福井県の人間なら誰だって、一乗谷朝倉氏遺跡が、世界遺産に、登録されることを願っているんじゃないですか？」

「前首相の渡辺さんが、名誉会長をなさっている一乗谷世界遺産推進委員会という会がありますよね？　その会にも加わっていらっしゃるんですか？」

「ええ、もちろん。何しろ、渡辺前首相は、福井県出身の方ですからね。その趣旨に、賛同したので、私も、メンバーに加えていただきました」

「そうすると、相応の資金の提供もされているわけですね？」

「ささやかでは、ありますが、一応、しています」

「それは、一乗谷朝倉氏遺跡が、世界遺産に、登録された時の利益を、考えてということですか？」

「そうですよ。一乗谷朝倉氏遺跡が、世界遺産ということになれば、かなりの経済効果が、期待できるといわれていますからね。この不景気な時代に、ひとつぐらいは、元気の出そうな話があったっていいじゃありませんか？」

と、いって、野口が、笑った。

「それでは、佐々木茂さんと、前田清志さんのことも、ご存じですか？　もちろん、ご存じですよね？」

「そういう人には、会ったことがありませんがね」

と、野口が、いう。

「本当に、ご存じない？」

「とにかく、会ったことはありませんよ」

野口が、きっぱりといった時、社長室の電話が、鳴った。

野口は、受話器を取り、

「野口だが」

と、いった後で、急に狼狽の表情になると、送話口を押さえたまま小林に向かって、

「ほかに、用がなければ、お引き取り願いたい。内密の電話がかかっていますので」

小林は、外に出ると、自分の携帯を使って、東京の十津川に、電話をした。

「現時点で、何か、関係者の動きに変化がありますか？」

と、小林が、きいた。

「佐々木茂と前田夫妻の三人が、現在、米原から特急『しらさぎ55号』に乗って、福

井に向かっています。時間的に、まもなく、福井に到着するはずです」

と、十津川が、いった。

「なるほど」

「何かあったのですか？」

「今、例の、野口不動産の野口社長に、会ってきたのですが、帰りしなに、電話が社長室にかかってきましてね。急に、野口は慌てたので、誰か関係者が、連絡をしてきたのではないかと思って、十津川さんに、おききしたんですよ」

「おそらく、佐々木たちから、電話が入ったんじゃないかと思いますね。まもなく、福井に着くことを、しらせる電話じゃないですか」

「そうでしょうね。私も、そうじゃないかと思っていました」

「野口健太郎という男は、佐々木茂や前田清志とは、親しいのですか？」

「私がきいたら、佐々木茂のことも前田夫妻のことも、まったく、しらないといっていましたが、そんなはずはありません」

「間下美樹の行方は、わかりましたか？」

「残念ながら、まだわかりません。携帯電話の番号を教えてもらったのですが、かかりません。彼女が電話の電源を切っているのか、あるいは、どこかに、監禁されているのかもしれません」

5

小林は、十津川との電話を切ると、同行している若い佐藤《さとう》刑事に向かって、

「これから、野口の会社を監視することになる。社長の野口健太郎が、急いで外出する可能性が、高いからな」

と、いった。

二人の刑事は、覆面パトカーのなかから、野口不動産の入口を見張ることになった。

十五、六分すると、小林が予想したとおり、野口健太郎が、出てきた。

それに合わせて、駐車場から出てきたベンツが、野口の前に停まり、野口が運転を代わり、出発した。

覆面パトカーに乗っていた小林たちが、そのベンツを尾行する。

野口社長の乗ったベンツは、どうやら、福井駅に向かっているように、見える。

携帯電話を使って検索してみると、佐々木茂と、前田夫妻の乗った特急「しらさぎ

55号」の福井着は、一五時〇三分である。

野口社長は、特急「しらさぎ55号」に乗っている三人を迎えに、福井駅に向かっているものと、推測された。

野口社長のベンツが福井駅に着いたのは、十五時十分前。

慌ただしく、駐車場に車を駐めて、野口は、駅の構内に入っていった。

改札口の手前で待っていると、佐々木茂と前田夫妻が降りてくるのが、見えた。その三人の後ろから、警視庁の西本刑事と日下刑事の二人が、歩いてくるのも、見えた。

小林は、佐々木たちをやり過ごしておいて、西本と日下の二人に、声をかけた。その間に、佐々木たちは、野口に案内されて、駐車場に置かれたベンツのほうに、歩いていく。

小林は、西本と日下の二人を、自分たちの乗ってきた覆面パトカーに案内した。

「十津川さんから連絡があったので、お二人を、お待ちしていました。おそらく、佐々木たちは、これから野口健太郎の車に乗って、どこかにいくものと思われます。尾行しましょう」

と、小林が、いった。

6

覆面パトカーが、野口のベンツを尾行する。

「連中は、どこにいくつもりなんでしょうか?」

西本が、きいた。

「十津川警部とも話したんですが、今、一番心配なのは、間下美樹の行方です。彼女は、ご存じのとおり、こちらで殺された間下麻樹の妹で、姉が、どうして殺されたのかしっている可能性がありますし、東京で殺された武井要のこともです。ということは、犯人側にとって、困った存在でしょうから、口を封じられる可能性がありますす」

「彼女の所在が不明だというのは、本当なんですか?」

「事実です。携帯電話も通じませんから、連中に、どこかに監禁されているのかもしれません。向こうのベンツが、そこにいってくれれば、ありがたいのですが」

と、小林が、いった。

先行するベンツは、どうやら、芦原温泉に向かっているようだ。

小林は、素早く頭を回転させた。

たしか、野口健太郎は、芦原温泉のなかに別荘を持っていたはずだ。

小林は、車のなかから、芦原温泉にある派出所に電話をかけた。相手に、こちらの身分を告げてから、派出所の巡査に、野口健太郎の別荘の場所をきき、別荘の大きさとか、いつもは、どんな人間が留守番しているのかなどをきいた。

電話に出た派出所の巡査によると、野口が、別荘として買った元旅館には、離れが三棟あり、庭が広いという。

「現在、持ち主の、野口健太郎社長は、ここには、ほとんどきていない様子で、先日、警邏《けいら》した時には、何事もなく、静かでした」

「しかし、留守番がいるだろう?」

「こちらで確認したのは、二名です。野口健太郎が社長をやっている野口不動産の社員二人が、留守番をしているようです」

と、巡査が、いった。

小林は、警視庁の西本と日下の二人には、今、派出所の巡査からきいた元旅館の配置について、説明した。

「何でも、庭のなかに、離れが三つもあるそうです。もし、間下美樹が、野口健太郎の別荘に監禁されているとすれば、その三つの離れのうちのどれかでしょう。全員で、ひとつひとつ当たっていったのでは、その間に姿を消してしまう恐れがあります。別荘に入ったら手わけをして、三つの離れを、同時に押さえてしまいましょう」

「相手は、何人ですか？」
と、西本が、きいた。

「派出所の巡査の話を信用すれば、野口健太郎、佐々木茂、前田夫妻、これで四人、それから、野口不動産の社員が二人いますから、合計で六人ですね。したがって、最低六人と見ていいでしょう」

「それに対して、こちらは、全部で四人か」

「拳銃を使わなければならないかもしれないですね」

「その点は、大丈夫です。われわれも、拳銃を持ってきていますから」
西本と日下の二人が、内ポケットから自動拳銃を取り出して、小林に見せた。

7

やはり、連中のベンツが向かったのは、野口が買い取って別荘にした、芦原温泉の、元旅館だった。

ベンツが、門からなかに入っていく。

小林は、別荘の裏側に回ることにした。本館は、入口を入ってすぐのところにあり、問題の離れは、庭の奥に、あったからである。

四人の刑事は、別荘の裏木戸を、こじ開けて、庭に入っていった。彼らは、三棟の離れに向かって、全速力で走った。

その時、本館のほうから、野口たちが走ってくるのが見えた。

「連中は、私が止める。みんなは、離れのほうを頼む」

小林警部は、立ち止まって、走ってくる野口たちを、睨んだ。

「止まれ！」

小林は、大声で叫び、両腕を大きく広げて、立ちはだかった。

走ってきた野口たちが足を止めて、目の前にいる小林を見すえた。

野口は、小林警部には会っている。それだけに、野口は、ギョッとした顔で、

「小林さんは、そこで何をしているんですか？」

と咎《とが》めた。

「決まっているじゃないか、捜索だ。向こうの三つの離れのどこかに、若い女性が監禁されている恐れがあるからだ」

「令状は、持ってきているんですか？」

「令状？　緊急捜索だから、そんなものは必要ない！」

小林が、怒鳴《どな》り返した。

その間に、西本、日下、それに、佐藤刑事の三人がひとりずつ、三つの離れに向かって突進した。

「誰かいるか？　いたら返事をしろ！」

なかに、飛び込んでいった。

一番奥の離れに向かった西本は、入口のドアに鍵がかかっていたので、取り出した拳銃で鍵を壊して、なかに飛び込んでいった。

誰もいない。

押入れを、どんどん開けていく。

そのなかのひとつを開けた時、そこに、寝息を立てて寝入っている、正体のない若い女を見つけ出した。

強い睡眠薬を、飲まされているらしく、完全に、意識を失っている。

西本は、宙に向かって、拳銃を一発、撃った。

その後、離れから、飛び出すと、小林に向かって、

「若い女性、一名発見！　身元不明！」

と、叫んだ。

両手を大きく広げて、野口たちの、動きを止めていた小林が、西本のところに走ってくると、奥の離れに足をふみ入れた。

こんこんと眠り続けている、若い女性は、押入れから出されて、畳の上に寝かされていた。

彼女を一目見て、小林が、大声をあげる。

「間下美樹だ。間違いなく、彼女だ。発見したぞ！」

その後、こちらに飛びかかろうとする野口たちに向かって、

「監禁されていた間下美樹を発見した。大人しくしろ。抵抗すれば、監禁罪で全員、逮捕するぞ！」

離れで、間下美樹を発見したところで、小林は、

(これで、野口たちも、観念するだろう)

と、思ったが、向こうは六人、こちらは、四人である。自棄《やけ》ぎみに、襲いかかってくる恐れもあった。

そこで、小林は、部下の佐藤刑事に向かって、

「すぐ福井県警本部に連絡しろ。至急、応援を頼むんだ」

佐藤が、携帯電話を使って、県警本部に連絡を取る。それを見て、野口たちも観念したらしい。

8

佐藤刑事が、県警本部に連絡を入れて、パトカー三台が、野口の別荘に到着した。

野口健太郎、佐々木茂、前田夫妻、それに、野口不動産の社員二人の合計六人は、間下美樹に対する誘拐、監禁の容疑で、その場で、逮捕された。

小林たちは、ようやく眠りから覚めた間下美樹を、高岡警察署までつれてきた。

そのあと、事情をきき、また、野口たちの尋問を、することになった。

その間に、小林は警視庁に連絡を取り、経過を説明した。

十津川が、すぐに、こちらにくるというので、野口たち六人の尋問は、十津川が、こちらに到着してからおこなわれることになった。

その日の夜遅く、高岡警察署に着いた十津川警部と亀井刑事は、間下美樹から、話をきくことにした。

最初にききたいのは、間下美樹が、万葉線の終点、越ノ潟の食堂でだれかと話していた電話のことである。

間下美樹の答えは、はっきりしていた。

「はい。あれは、東京の武井要さんから連絡があったんです」

「明日、東京に帰ったら、会ってお話をしたい。そんな内容だったように、きいたのですが」

「ええ、ぜひ、お話ししたいことがあったんです」

「それは、お姉さんの間下麻樹さんのことですね？　あなたが東京に帰って、武井要さんに話そうとしていたのは、お姉さんのことだったんですね？」

「ええ、五年前、姉は、武井さんと本気で愛し合っていたんじゃないかと、思うんです。その一方で、一乗谷朝倉氏遺跡を、佐々木茂さんが出した『朝倉家の姫君たち』

という本を使って、世界遺産に登録しようという運動があったり、それに便乗して、金儲けをしようと企んでいた人たちもいたんです。そのなかで、姉は、あの本の第一ページに写真が載ったりして、世界遺産登録の運動の人たちにとっても、また、詐欺の片棒を担ぐような人たちにとっても、格好の材料だったんです。それで、姉は、朝倉氏二十九代目の子孫だということで、祭りあげられたり、行動を制約されたりして、病気になっていきました。心の病気といったらいいのでしょうか、出歩くのも難しくなったり、その上、姉を利用しようとする人たちから、もう、武井要という男には、会わせないようにしようと、されたこともあって、会いにいけなくなってしまったんです」

「お姉さんは本当に、自分は、朝倉氏二十九代目の子孫だと、思っていたんですか？」

と、小林が、きいた。

「おそらく、半々じゃなかったかと思います。姉や私には、昔大庄屋だった間下家の、復興という過大な期待がかかっていましたから、姉は、自分でも朝倉氏二十九代目の子孫だと、信じたかったのではないかと、思います。それも、いってみれば、事件の原因になったのではないかと、思っているんです。そんな話を、私は、武井さんにしようと、思っていたんです」

「しかし、武井さんは、お姉さんと会えないので、失望して帰ってしまったんでしょう？　それから五年間、あなたは、武井さんに連絡はしなかったんですか？」

「福井では、あの頃、本当に、一乗谷朝倉氏遺跡が、世界遺産に登録される。そんな空気だったんです。何しろ、偉い政治家の先生がきたり、専門家の先生がきたりして、今すぐにでも、世界遺産になりそうな、雰囲気だったんです。ですから、そんなムードに、水を差すようなことは、絶対に、許されなかった。私も、武井さんに、姉のことを、どうしても話せなかったのです」

「それが、五年経った今なら、すべてを、話せる。あなたは、そう思ったわけですね？」

「ええ。繰り返しますけど、五年前には、すぐにでも世界遺産になりそうな雰囲気でしたし、今でも今年中に、あるいは、来年には、世界遺産に登録されるだろうと、期待している人もたくさんいるんですよ。何しろ、前の総理大臣の、渡辺さんが名誉会長をやっている一乗谷世界遺産推進委員会という組織があって、そのために、今でも、世界遺産への登録を信じている人が、たくさんいるのです。でも、その一方で、あれから、五年も経ったのに、世界遺産になりそうな気配はまったくない。それで、この話は、ひょっとして詐欺なのではないか？　そんなふうに疑う人も、多くなってきたんです。私も、ちょっとおかしいなと思うようになって、でも、相談できる人が、ひとりもいませんでしたからね。それで、姉が親しくしていた、武井要さんに会って話をして、意見をきこうと思ったんです」

「武井要さんが死んだ後、あなたは、どうしようと思ったんですか？」

「武井さんがいなくなったんで、もう誰にも頼れない。私ひとりで、事件の真相を探ろうと、思ったんです。世界遺産への登録の話が、本当はどうなっているのか？　金儲けのタネに使われた詐欺のようなものなのか？　それとも、偉い人たちが、本気で、一乗谷朝倉氏遺跡を世界遺産に登録しようとしているのか？　真相を、何とかしてしりたいと思って、ひとりで、野口健太郎さんに近づいて、宣伝コマーシャルの仕事を引き受ける報酬として、一千万円をいただいたのです。そのお金を利用して、何とかして真相を、しりたいと思いました」

「その頃、あなたは、お姉さんと一緒に、住んでいたんですか？」

と、小林が、きいた。

「ええ、最初のうち、姉と一緒に、住んでいました。でも、五年前から監視されていました。そして今から二年くらい前だったと、思うんですけど、突然、姉は、姿を消してしまったんです」

「それは、金儲けを企んでいる連中が、お姉さんが、何か下手《へた》なことを口走ってしまっては困ると思って、お姉さんだけ、どこかに、監禁したんでしょう？」

「私も、そう思いました」

「その後、あなたは、お姉さんの名前を使って、偽造の運転免許証を作ったり、一乗谷朝倉氏遺跡にいって、一千万円の現金を見せて、ここを買いたいというようなことをいっていますね。あれもすべて、真相をしりたいがための、お芝居だったというわけですか？」

「ええ、ほかにどうしたらいいのか、わからなくて」

と、美樹は、うなずいた。

9

野口健太郎たちの尋問は、少しばかり、手強《てごわ》かった。

佐々木茂と前田夫妻は一貫して、自分たちは何もしていないし、何もしらない。六月七日、東京で起きた武井要の殺人事件にも、六月十五日の、間下麻樹の殺人事件にも関係していないし、今回の件も、野口健太郎に頼まれただけで、自分の意志ではないと、強硬に主張した。

ただ、野口健太郎の態度は、少しばかり違っていた。

何よりも、野口健太郎は、福井市内で、野口不動産という会社の社長として、成功していたし、社員の二人が、今回の事件に関係してしまったからである。

野口は、こんなふうに、弁明した。

「私は、殺人事件にも、誘拐事件にも関係していませんよ。ただ、命令されて、やっただけです」

だが、十津川は、表情を変えずに、

「では、ひとつずつ、きいていこうか。高岡駅近くの路地裏で、殺されていた間下麻樹だが、彼女は、妹の証言によれば、二年くらい前から、どこかに、監禁されてしまったと、いっている。君の別荘の、あの離れじゃないのかね？」

「それはそうですが、監禁していたわけではないし、私が考えたことでも、ありませんよ」

「誰の考えだ？」

「一乗谷世界遺産推進委員会の幹事から頼まれたんですよ」

「その時、これは、犯罪だとは、思わなかったのか？」

「思いませんでしたね。間下麻樹が病気になって、行動が不安定になっていましたからね。これは、監禁ではなくて、みんなが、迷惑するので、しばらく人々から、彼女を隔離しておく。そして、治療を、受けさせれば、本人も病気から解放されて、幸せになれる、そういわれましてね。私も、その言葉を信じて、あの離れを、提供したんです」

「それでは、今日の行動は、どう、説明するのかね？　君の別荘の、あの離れに、間下美樹を監禁していたが、彼女は、病気でも何でもないぞ。まったくの正常な人間だ。それなのに、どうして、あの離れに監禁していたんだ？」

「あれは、佐々木茂と、前田清志に、頼まれたんですよ。間下美樹は、一乗谷朝倉氏遺跡を、世界遺産に推薦する人々の行動を邪魔ばかりしている。こんなことでは、世界遺産に登録することが、できなくなってしまう。そういわれましてね。それに、私は、あの離れを貸しただけで、間下美樹を誘拐し、監禁したのは、佐々木茂と前田清志の、二人ですよ」

「今日、君は佐々木茂からの電話を受けた後、どうして、あの別荘に、全員でいったのかね？　間下美樹の口を封じるために、いったんじゃないのか？　彼女を殺すためにだ」

「連中の考えは、私にはわかりません。とにかく、佐々木茂から電話があって、監禁している間下美樹が、今、どんな様子なのか、自分の目で確かめたい。そういわれたので、ただ、案内しただけですよ」

「それを、証明できるのか？」

「証明しろといわれても、私は、命令されて、やっただけですよ。それだけですよ」

「だから、それを、証明できるかどうか、きいているんだ。いいかね、前に、間下麻樹が、監禁されていた。場所は、君の別荘の離れだった。今回、妹の間下美樹が誘拐されて、監禁されていたのも、同じく君の別荘の離れだった。こうなると、君が、あの姉妹を監禁したと判断されたって仕方がないじゃないか？」

十津川が、そう脅かすと、

「私が計画したことじゃないことは、証明できますよ」

と、突然、野口が、いった。

「どうやって、証明するんだ？」

「最近、私も、少しばかり、疑い深くなりましてね。以前は、一乗谷朝倉氏遺跡が、今すぐにでも、世界遺産に登録されると、信じこんでいましてね。それで、一乗谷世界遺産推進委員会のメンバーにもなったし、資金も提供しました。しかし、ここにきて、少しばかり、疑うようになったんですよ」

「どうして、疑うように、なったんだ？」

「五年も経つというのに、一向に、世界遺産に登録されるという動きにならないし、その上、東京で、殺人事件が起きたりしたので、これは、どうも危ないなと、思ったんですよ。それで、佐々木茂や前田清志から、電話がかかってくると、全部、録音しておくことにしたんです。それで、私の無実が証明できるのではないかと思うんですがね」

　小林警部が、すぐに、野口の自宅にいき、そこから、佐々木茂や前田との会話が、録音されているというテープやメモリーカードを持ってくることになった。

　その間に、十津川は、野口に、いった。

「そのテープやメモリーカードをチェックすれば、君がリーダーではなくて、単に命令されて動いていたことが、わかるかもしれないが、それでも無実ということにはならないぞ。何しろ、殺人にも誘拐にも、監禁にも手を貸しているんだからな」

押収されたテープやメモリーカードは、膨大《ぼうだい》な量だった。野口は、外からかかってくる電話すべてを、録音していたのである。

十津川たちは、その膨大なテープやメモリーカードから、今回の事件に、関係のあると思われる部分だけを、再録音して、二回目の佐々木茂と前田清志の尋問の時に、二人に、きかせてみた。とたんに、彼らの表情が変わった。

「でも、俺たちは、東京で武井要を殺してもいないし、こちらの、高岡駅近くの路地裏で間下麻樹を、殺してもいないんだ」

と、二人は、口を揃《そろ》えて、いい募《つの》った。

「しかしだね、これが、証拠として採用され、法廷で、披露《ひろう》されれば、君たちは間違いなく、殺人罪で、刑務所送りになるぞ。唯一、君たちが助かる道は、この二つの殺人事件は、自分たちが、考えたものではなくて、自分たちよりも、上の人間が、考えたもので、その人間たちの命令だった。それを証明することだ。それができない限り、何度でもいうが、君たちは、間違いなく、殺人犯とされるぞ」

10

十津川が、脅かした。

途端《とたん》に、堰《せき》を切ったように、二人は、真相を、喋《しやべ》り始めた。

前首相の渡辺徳三を名誉会長に、祭りあげた一乗谷世界遺産推進委員会は、折からの世界遺産ブームに乗って、三百億円近い資金を集めた。ところが、その後、時が経っても、世界遺産に、登録される気配がない。

そこで、資金を出した人々が、文句をいい始めた。このままいけば、いっせいに詐欺で、訴えられる恐れがある。

そこで、危険な人間は、今のうちに、排除しておく必要があると、一乗谷世界遺産推進委員会は、考えたらしい。

「それで、会の事務局では、毎日のように、会議がおこなわれましてね。例えば、朝倉氏の二十九代目の子孫ということで、今回の事業の大きな力になっている朝倉麻樹こと、間下麻樹の精神状態が、おかしくなっている。下手なことを、喋ってしまうかもしれない。その口を封じることが議論になったり、彼女が、五年前につき合っていた、武井要というゲームの神さまが、危険な存在に、なりそうだと思えば、こちらのほうの手当ても、しなければならない。そういうことが、突然、議題にあがってくるんです」

「それで、口を封じるのを、誰が命令するんだ？」

「一乗谷世界遺産推進委員会ですよ。ここには、青年行動隊のようなグループが、組織されていたんですよ。今でもありますよ。そこのリーダーは、政治評論家だった大西俊の、秘書を務めている高野雅之《たかのまさゆき》という男です」

と、佐々木が、いう。

「君たちは、その青年行動隊に、入っていたのか？」

「ええ、入っていました。そこで、今いった大西俊さんの、秘書の高野さんが、毎回、一乗谷世界遺産推進委員会にとって邪魔になりそうな人間をひとりひとり、その名前を挙げていくんですよ。その上で、みんなで相談して、高野秘書が、最終的な断を下すんですが、一刻も早く口を封じたほうがいいと思われる人間には、リストの上に二重丸がつけられていて、それを渡された青年行動隊が実行する。つまり、口を封じてしまうんですよ」

「ただ単に命令されただけで、人を殺してしまったのかね？」

「もちろん、莫大《ばくだい》な賞金が出るんですよ。例えば、東京で武井要というゲームの神さまが危ない存在になっているというので、彼を殺すことになった時には、一千万円の賞金がかけられました。それは、集めた三百億円をうまく隠してしまうまでにです」

「それで、武井要を殺したのは、いったい、誰なんだ？　君たちなのか？」

「とんでもない。武井要を殺したのは、浅野豊《あさのゆたか》という男ですよ」

「もうひとり、高岡駅近くの路地裏で、間下麻樹を殺した犯人は、誰なんだ？」

十津川が、いった途端、二人は、身を引いてしまった。

それを見て、十津川は、この犯人のほうは、佐々木茂と前田清志に違いないと確信した。

11

十津川と亀井は、西本と日下の二人を、そのままこちらに残しておいて、急遽《きゆうきよ》、東京に帰ることにした。大西俊の秘書、高野雅之をまず逮捕し、尋問することが、必要だったからである。

ただ、その先、どこまで捜査を進めることになるのか、十津川にも、判断がつかなかった。

一乗谷朝倉氏遺跡を世界遺産に登録すると称して、莫大な資金を集めた、大西俊の逮捕までもっていけるかどうか、それは、高野雅之の自供によって、変わってくるだろう。

時間をかけてでも、大西俊の逮捕まで持っていくと、十津川は決めていた。

本書は、双葉社より二〇一一年四月新書判で、一二年九月文庫判で刊行されました。

なお、本作品はフィクションであり、実在の個人・団体などとは一切関係がありません。その他、路線名、駅名、列車名、風景描写などは、初刊時のままにしてあります。

特急街道の殺人

一〇〇字書評

切り取り線

購買動機（新聞、雑誌名を記入するか、あるいは○をつけてください）	
□（　　　　　　　　　　　　）の広告を見て	
□（　　　　　　　　　　　　）の書評を見て	
□ 知人のすすめで	□ タイトルに惹かれて
□ カバーが良かったから	□ 内容が面白そうだから
□ 好きな作家だから	□ 好きな分野の本だから

・最近、最も感銘を受けた作品名をお書き下さい

・あなたのお好きな作家名をお書き下さい

・その他、ご要望がありましたらお書き下さい

住所	〒				
氏名		職業		年齢	
Eメール	※携帯には配信できません	新刊情報等のメール配信を 希望する・しない			

この本の感想を、編集部までお寄せいただけたらありがたく存じます。今後の企画の参考にさせていただきます。Eメールでも結構です。

いただいた「一〇〇字書評」は、新聞・雑誌等に紹介させていただくことがあります。その場合はお礼として特製図書カードを差し上げます。

前ページの原稿用紙に書評をお書きの上、切り取り、左記までお送り下さい。宛先の住所は不要です。

なお、ご記入いただいたお名前、ご住所等は、書評紹介の事前了解、謝礼のお届けのためだけに利用し、そのほかの目的のために利用することはありません。

〒一〇一-八七〇一
祥伝社文庫編集長　坂口芳和
電話　〇三（三二六五）二〇八〇

祥伝社ホームページの「ブックレビュー」からも、書き込めます。

http://www.shodensha.co.jp/
bookreview/

祥伝社文庫

特急街道《とつきゆうかいどう》の殺人《さつじん》

平成30年7月20日　初版第1刷発行

著　者　西村《にしむら》 京太郎《きようたろう》
発行者　辻　浩明
発行所　祥伝社《しようでんしや》
東京都千代田区神田神保町3-3
〒101-8701
電話　03（3265）2081（販売部）
電話　03（3265）2080（編集部）
電話　03（3265）3622（業務部）
http://www.shodensha.co.jp/

印刷所　堀内印刷
製本所　積信堂
カバーフォーマットデザイン　芥 陽子

Printed in Japan ©2018, Kyotaro Nishimura ISBN978-4-396-34437-5 C0193

西村京太郎ファンクラブのお知らせ

会員特典（年会費2200円）

◆オリジナル会員証の発行
◆西村京太郎記念館の入場料半額
◆年2回の会報誌の発行（4月・10月発行、情報満載です）
◆抽選・各種イベントへの参加（先生との楽しい企画考案中です）
◆新刊・記念館展示物変更等のハガキでのお知らせ（不定期）
◆他、追加予定!!

入会のご案内

■郵便局に備え付けの郵便振替払込金受領証にて、記入方法を参考にして年会費2200円を振込んで下さい　■受領証は保管して下さい　■会員の登録には振込みから約1ヶ月ほどかかります　■特典等の発送は会員登録完了後になります

［記入方法］**1枚目**は下記のとおりに口座番号、金額、加入者名を記入し、そして、払込人住所氏名欄に、ご自分の住所・氏名・電話番号を記入して下さい

郵便振替払込金受領証　窓口払込専用

口座番号	百十万千百十番	金額
00		
00230-8-	17343	2200
加入者名	西村京太郎事務局	料金（消費税込み）　特殊取扱

2枚目は払込取扱票の通信欄に下記のように記入して下さい

通信欄	
	(1) 氏名（フリガナ）
	(2) 郵便番号（7ケタ）※必ず7桁でご記入下さい
	(3) 住所（フリガナ）※必ず都道府県名からご記入下さい
	(4) 生年月日（19××年××月××日）
	(5) 年齢　(6) 性別　(7) 電話番号

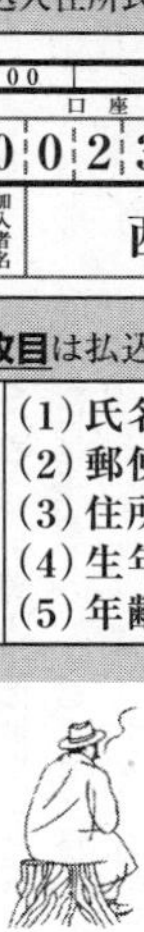

※なお、申し込みは、郵便振替払込金受領証のみとします。
メール・電話での受付は一切致しません。

■お問い合わせ（西村京太郎記念館事務局）
TEL 0465-63-1599

祥伝社文庫の好評既刊

西村京太郎

完全殺人

〈最もすぐれた殺人方法を示した者に大金をやる〉――空《あき》別荘に集められた四人に男は提案した。その真意とは？

西村京太郎

裏切りの特急サンダーバード

〝十一億円用意できなければ、疾走中の特急を爆破する〟――刻限《タイムリミット》迫る中、犯行グループにどう挑む？

西村京太郎

狙《ねら》われた寝台特急「さくら」 新装版

人気列車での殺害予告、消えた二億円、眠りの罠――十津川警部たちを襲う謎、また謎、息づまる緊張の連続！

西村京太郎

伊《い》良《ら》湖《ご》岬 プラスワンの犯罪

姿なきスナイパー・水沼《みずぬま》の次なる標的とは？　十津川と亀井は、その足取りを追って、伊良湖――南紀白浜へ！

西村京太郎

狙われた男 秋葉《あきば》京介《きょうすけ》探偵事務所

裏切りには容赦をせず、退屈な依頼は引き受けない――。そんな秋葉の探偵物語。表題作ほか全五話。

西村京太郎

十津川警部 哀《かな》しみの吾妻《あがつま》線

長野・静岡・東京で起こった事件の被害者は、みな吾妻線沿線の出身だった――偶然か？　十津川、上司と対立！

祥伝社文庫の好評既刊

西村京太郎
十津川警部 姨捨《おばすて》駅の証人

亀井は姨捨駅で、ある男を目撃し驚愕した――（表題作より）。十津川警部が四つの難事件に挑む傑作推理集。

西村京太郎
萩・津和野・山口 殺人ライン
高杉晋作《たかすぎしんさく》の幻想

出所した男の手帳には、六人の名前が書かれていた。警戒する捜査陣を嘲笑《あざわら》うように、相次いで殺人事件が！

西村京太郎
十津川警部 七十年後の殺人

二重国籍の老歴史学者。沈黙に秘められた大戦の闇とは？ 時を超え、十津川警部の推理が閃く！

西村京太郎
急行奥只見《おくただみ》殺人事件

新潟・浦佐から会津若松への沿線で連続殺人!? 十津川警部の前に、地元警察の厚い壁が……。

西村京太郎
私を殺しに来た男

十津川警部が、もっとも苦悩した事件とは？ 西村京太郎ミステリーの多彩な魅力がこの一冊に！

西村京太郎
十津川警部捜査行 恋と哀しみの北の大地

白い雪に、真っ赤な血……それが事件の始まりだった。特急おおぞら、急行宗谷――北海道のミステリー満載！

〈祥伝社文庫　今月の新刊〉

江上　剛
庶務行員　多加賀主水《たかがもんど》が泣いている
死をもって、銀行員は何を告発しようとしたのか？　雑用係がその死の真相を追う！

東川篤哉
ライオンの歌が聞こえる
平塚おんな探偵の事件簿2
獰猛な美女探偵と天然ボケの怪力助手。最強タッグが謎を解くガールズ探偵ミステリー！

西村京太郎
特急街道の殺人
越前と富山高岡を結ぶ秘密――十津川警部、謎の女「ミスＭ」を追う！

沢里裕二
六本木警察官能派　ピンクトラップ捜査網
ワルいヤツらを嵌めて、美人女優を護る。これが六本木警察ボディガードの流儀だ！

鳴神響一
飛行船月光号殺人事件　謎ニモマケズ
犯人はまさかあの人――？　空中の密室で起きた連続殺人に、名探偵・宮沢賢治が挑む！

長谷川卓
空舟《うつろぶね》　北町奉行所捕物控
正体不明の殺人鬼《絵師》を追う最中に現れた敵の秘剣とは？　鷲津軍兵衛、危うし！

小杉健治
夢の浮橋　風烈廻り与力・青柳剣一郎《あおやぎけんいちろう》
富くじを手にした者に次々と訪れる死。庶民の夢、富くじの背後にいったい何が――？

野口　卓
師弟　新・軍鶏侍《しゃも》
老いを自覚するなか、息子や弟子たちの成長を見守る源太夫。透徹した眼差しの時代小説。